Benjamim

Benjamim
CHICO BUARQUE

2ª edição
9ª reimpressão

I

O pelotão estava em forma, a voz de comando foi enérgica e a fuzilaria produziu um único estrondo. Mas para Benjamim Zambraia soou como um rufo, e ele seria capaz de dizer em que ordem haviam disparado as doze armas ali defronte. Cego, identificaria cada fuzil e diria de que cano partira cada um dos projéteis que agora o atingiam no peito, no pescoço e na cara. Tudo se extinguiria com a velocidade de uma bala entre a epiderme e o primeiro alvo letal (aorta, coração, traquéia, bulbo), e naquele instante Benjamim assistiu ao que já esperava: sua existência projetou-se do início ao fim, tal qual um filme, na venda dos olhos. Mais rápido que uma bala, o filme poderia projetar-se uma outra vez por dentro das suas pálpebras, em marcha a ré, quando a sucessão dos fatos talvez resultasse mais aceitável. E ainda sobraria um fiapo de tempo para Benjamim rever-se aqui e acolá em situações que preferiria esquecer, as imagens ricocheteando no bojo do seu crânio. O prazo se esgotaria e sobreviria um ultimato, um apito, um alarme, mas Benjamim os entenderia como ameaça de criança contando até três — um... dois... dois... dois e meio... — e se deteria mais um pouco em momentos que lhe pertenciam, e que antes não soubera apreciar. Aprenderia também a penetrar em espaços que não conhecera, em tempos que não eram o seu, com o senso de outras pessoas. E súbito se surpreenderia a caminhar simultaneamente em todas as direções, e tudo alcançaria de um só olhar, e tudo o que ele percebesse jamais cessaria, e mesmo a infinitude caberia numa bolha no interior do sonho de um homem como Benjamim Zambraia, que não se lembra de alguma vez ter morrido em sonho.

Se uma câmera focalizasse Benjamim na hora do almoço, captaria um homem longilíneo, um pouco curvado, com vestígios de atletismo, de cabelos brancos mas bastos, prejudicado por uma barba de sete dias, camisa para fora da calça surrada aparentando desleixo e não penúria, estacionado em frente ao Bar-Restaurante Vasconcelos, tremulando os joelhos como se esperasse alguém. Benjamim entretanto não espera nada, a não ser que ele mesmo resolva o dilema: entrar num bar-restaurante ou voltar para a cama. A questão é embaraçosa porque Benjamim não tem sono, nem sede, nem apetite, nem alternativa para esta tarde. Preso ao chão, as pernas irrequietas, impacienta-se com a própria hesitação, e é nessas conjunturas que lhe costuma voltar a sensação de estar sendo filmado.

Adolescente, Benjamim adquiriu uma câmera invisível por entender que os colegas mais astutos já possuíam as suas. O equipamento mostrou-se tão providencial quanto um pente de bolso, e a partir daquele dia a vida dele tomou novo rumo. Benjamim passou a usar topete, e nas pendengas em que antes se descabelava, certo de estar com a razão, mantinha agora um sorriso vago e deixava o adversário a gesticular de costas para a câmera. Com isso ganhou prestígio e beijou na boca muitas garotas, cujos ombros, orelhas e rabos-de-cavalo foram imortalizados em suas películas. O acervo de Benjamim também guarda dublagens de cantor de jazz, saltos de trampolim, proezas no futebol, brigas de rua em que sangrou ou se saiu bem e a sua estréia no sexo com uma senhora de idade (trinta anos, trinta e um, trinta e três), quando ele quase estragou a cena ao olhar para a lente. Fez-se filmar durante toda a juventude, e só com o advento do primeiro cabelo branco decidiu abolir a ridícula coisa. Era tarde: a câmera criara autonomia, deu de encarapitar-se em qualquer parte para flagrar episódios medíocres, e Benjamim já teve ganas de erguer a camisa e cobrir o rosto no meio da rua, ou de investir contra o cinegrafista, à maneira dos bandidos e dos artistas principais. Hoje ele é um homem amadurecido e usa a indiferença como tática para desencorajar as filmagens. Mas quando entra enfim no Bar-Restaurante Vasconcelos, ainda o incomoda a suspeita de uma câmera, talvez acoplada ao bico do ventilador de longas pás que gira no teto. Benjamim não pode ignorar que, daquele improvável ponto de vista, os fregueses circulariam sentados num carrossel, e ele próprio seguiria num redemoinho até o centro do salão, faria piruetas, daria ordens ao garçom como a um satélite e fugiria às tontas para o banheiro.

Entre as pastilhas de naftalina no mijadouro há duas guimbas, na verdade dois tocos de filtro, um com bocal amarelo sarapintado e outro com bocal branco manchado de batom. Benjamim já não se lembra do que veio fazer no banheiro e pensa "fascistas", de repente indignado com os sujeitos que atiram guimbas nos mijadouros de restaurantes sem querer saber se alguém virá recolhê-las mais tarde, um empregado que seguramente não disporá de luvas de borracha ou instrumento apropriado (garfo, pinça, espeto, tridente, aspirador portátil) para tal serviço. Compadecido do empregado, decide catar ele mesmo as guimbas. Mete a mão no mijadouro, e naquele momento entra no banheiro um rapaz com o cabelo na testa e gravata frouxa (jovem repórter, operador da bolsa, jogador de pôquer, parente egresso de enterro) que olha para Benjamim e desvia o olhar. Talvez o rapaz tenha visto Benjamim com a mão no mijadouro, mas também é possível que evitasse o confronto porque essa é a etiqueta em pequenos ambientes públicos. Pudor semelhante leva o rapaz a evitar o mijadouro vizinho ao de Benjamim e a urinar na latrina, deixando a porta aberta por pudor do pudor. Benjamim permanece com as guimbas na palma da mão, pois planejara atirá-las na latrina, e quando outro sujeito entra no banheiro arrastando as sandálias, desloca-se para a pia. Procura em vão alguma cesta de lixo, recusando-se a largar as guimbas na beira da pia ou no chão. Abre a torneira e passa-as de mão para mão debaixo da água corrente. Nota que a guimba branca traz impressas em dourado quatro argolas e a marca Dam; a água não borra a mancha de batom, antes acentua o seu grená. Também nota que a guimba amarela está retorcida, mas como ninguém amassa cigarros num mijadouro, deduz que seu fumante era dado a morder o filtro. Chegam mais dois rapazes falando alto, o despenteado não libera a latrina, e Benjamim experimenta sepultar as guimbas pelo ralo da pia. Mas no fundo do ralo há uma cruz de ferro e elas entalam ali. Benjamim lava as mãos com o líquido da saboneteira fixa e volta ao salão.

Na sua mesa encontra um pires com azeitonas chochas e uma tulipa de chope cuja espuma cedeu, e que parece sobra de outro freguês. Repele as azeitonas, pois não pretende pagar pelo couvert que não solicitou, e interessa-se pelo casal que toma café três mesas adiante, ele olhando para a fronte dela e ela para dentro da xícara. É evidente que estiveram discutindo. Ele acende um cigarro com um isqueiro de chama extravagante, e Benjamim acha que tem jeito de homem que atira guimbas em mijadouros. O filtro é branco (Dam), e talvez a mulher tenha filado uma tragada no início do almoço. Se bem que ela não use batom, mas o batom pode ter se esmaecido durante o almoço, seu carimbo pode ter se desgastado no copo de vinho, no guardanapo, nos cigarros do marido e no bate-boca. E o bate-boca deve ter começado mesmo por causa de um cigarro que ela lhe roubou dos dedos sem pensar, pois o cigarro que é uma necessidade dele, ela fumaria por capricho, para enroscar fumaça. Agora ela ergue a cabeça e começa a murmurar, e a tênue animação da sua boca transforma todo um rosto que, até então, a Benjamim parecia invulnerável. Não o impressionam os lábios, nem a língua e os dentes que mal se vêem, mas a lacuna, o vão, o abismo dentro daquela boca, que completa a superfície do rosto pela sua negação, como uma pausa no meio da música. Bocas de mulheres, Benjamim estudara-as sobretudo no cinema, onde evoluem imunes à contemplação. Sentava-se na primeira fila e via filmes em língua estranha sem atentar para as legendas, maravilhado com a metamorfose das vogais, com a plástica das sombras nas bocas enormes. O que fala a moça três mesas adiante também é insignificante para Benjamim, pois raras palavras merecem a fôrma que as pronuncia; sabe apenas que ela faz perguntas, ou súplicas, porque termina as falas com os lábios entreabertos. Já o marido está categórico, e cerra a boca para arrematar cada resposta. Dão uma trégua quando o garçom traz a nota num prato de sobremesa, que o marido devolve com um cartão de crédito, sem olhar para o lado. Em seguida ele diz alguma coisa que faz a mulher soltar uma gargalhada, jogando para trás a cabeça cheia de cachos castanhos. Sempre rindo, ela sonda sua bolsa que é quase uma mochila e exibe-lhe de longe, sublinhando com a unha, um segredo na sua identidade, por exemplo o nome esdrúxulo do pai, a cidadezinha natal ou a verdadeira idade (vinte e cinco anos, vinte e quatro, vinte e seis). Vencendo a débil resistência dela, o marido puxa-lhe a carteira da mão e olha no verso a foto três por quatro que ela não queria que ele visse, porque deve ser antiga e ela deve estar com cara de doida, os olhos arregalados. Ele sacoleja os ombros, com certeza achando graça na assinatura infantil, e Benjamim compreende que não são marido e mulher, podem até estar saindo juntos pela primeira vez.

Quando eles se levantam, a estatura da moça surpreende Benjamim: dona de coxas muito longas, ela sobrepuja o amigo em meio palmo. Passa rente à mesa de Benjamim e chega a fitá-lo sorrindo, mas é um sorriso residual, estagnado. E quando ela acaba de passar, o sorriso não é mais dela, é de outra mulher que Benjamim fica aflito para recordar, como uma palavra que temos na ponta da língua e nos escapa. Ou como um nome que de pronto brilha na memória, mas não podemos ler porque as letras se mexem. Ou como um rosto que se projeta nítido na tela, e dissolve-se a tela. Benjamim precisaria rever a moça, pedir para ela repetir o sorriso e lhe reconstituir a lembrança. Mas ela já deve estar chegando à porta e Benjamim não gostaria de virar o pescoço. Olha para o ventilador que bamboleia no teto e tem consciência de que a moça vai sair do seu filme. Então implora à câmera que o abandone de vez, e que saia sobre uns trilhos atrás da moça, e que se livre dos carretéis e carretéis com a vida de Benjamim Zambraia, e que os atire aos pobres. E deseja que os pobres, que de tudo sabem tirar proveito, se enrolem na história de Benjamim Zambraia e desfilem fantasiados de múmias, e lancem serpentinas, e examinem os fotogramas contra o sol e dêem risadas. Depois Benjamim reza para que a hélice desembeste do teto. Depois se arrepende e reza para que a moça tenha esquecido alguma agenda, e que volte à mesa e peça outro café, e que se deixe olhar e lhe sopre seu nome (Maria Pessoa, Eva Pereira, Glória, Sofia, Rosa Dias...).

Ariela Masé sai afobada do restaurante e só na esquina se dá conta de que não se despediu do Zorza, que tinha parado para comprar cigarros no balcão. Volta-se e ainda o vê sair à rua com dois maços na mão, apertar e revirar os olhos sem enxergá-la, depois seguir até seu carro embicado sobre a calçada oposta. Pensou em alcançá-lo e dar-lhe um beijo na bochecha, porque sentiu ternura ao vê-lo andar com as pernas arqueadas, semelhante a um carneiro, ou cachorro gordo, ou tatu. Ariela descobriu que todo homem indo embora dá pena de se ver, assim como é triste qualquer bicho visto por trás, com exceção do cavalo, que sempre vai vitorioso, mas só quem sabe ir embora igual a cavalo é mulher. Lembra-se do cliente, que naquele minuto já poderia estar plantado diante do edifício, e atravessa em diagonal a praça que normalmente contornaria por causa dos mendigos. Por medo de assaltos Ariela não usa relógio, embora possua uns tantos em casa, guardados numa caixa de charutos no fundo de uma gaveta. Mas devem estar parados, e ela tampouco faz caso dos relógios públicos em seu caminho, pois tem noção precisa das horas. É de índole pontual, e em pensamento comparece com rigor aos locais de encontro, onde espera apreensiva por seu corpo, sempre dez minutos atrasado. Hoje dispensou a carona porque a distância é curta e ela gosta de passear depois do almoço. É uma tarde ideal de verão: choveu toda a manhã e o ar parece fluido de se aspirar. Forçada porém a acelerar o andamento, começa a transpirar na nuca, nas axilas, nas virilhas, atrás dos joelhos, e sobe-lhe à garganta um azedume, refluxo do café.

A rua da Cabala é barulhenta, cheia de vendedores ambulantes, e ondeando entre as barracas Ariela gasta parte do tempo que havia recuperado. É interceptada por um camelô de pernas cabeludas que vinha aos gritos de uma calçada a outra, escancarando seu impermeável para senhoras espavoridas; exibe umas cuecas que lhe chegam até os joelhos, estampadas com periquitos, e quer que Ariela leve três pelo preço de duas. Ela alcança afinal o ponto combinado, um edifício comercial de trinta andares com uma galeria no nível da rua. Há um entra-e-sai de tipos diversos, mas não a espera nenhum homem claro de óculos escuros, camisa preta e paletó areia, um metro e setenta e seis. Tem por seguro que são três e dez, e conclui que o cliente está mais atrasado que ela. Abre a grande bolsa de lona e põe-se a sacudi-la pela borda com ambas as mãos, como se sorteasse alguma rifa, até que vem à tona uma caixinha de chicletes de canela. Pela sua experiência, clientes atrasam-se numa média de doze minutos, e existe uma tolerância tácita de vinte minutos de parte a parte. Tal média não leva em conta os casos de forfait, por conta de trotes e desistências, que Ariela calcula em quinze por cento. Ela nunca faltou, em última instância manda uma colega em seu lugar. Mas aconteceu-lhe uma vez chegar ao encontro com um atraso de meia hora e perder a cliente — era uma mulher. Naquele dia, ao voltar para casa, Ariela começou a se estapear no rosto como fazia quando era criança, depois fechou as mãos e esmurrou-se meio sem jeito no couro cabeludo, para não deixar marcas, finalmente atirou-se de cabeça contra a parede, ficou tonta e vomitou líquidos.

Com um pé na calçada e outro na lanchonete, Aliandro Esgarate vê aproximar-se a mulher de calça jeans e blusa de crochê. Vê quando ela pára em frente à galeria, e confirma que é esguia e um pouco mais jovem do que lhe fizera supor a voz no telefone. Libera os acompanhantes, engole o naco de cheeseburger com bacon e vai ter com a mulher: "Ariela Masé? Doutor Aliandro Esgarate". Sem sorrir ela estende-lhe a mão, que está fria. Deve ser uma novata, pois afunda o braço na bolsa e bole lá dentro falando "as chaves, as chaves" com um açodamento desnecessário. Saca uma correia com um molho de chaves cujas cabeças são envoltas em esparadrapos numerados. Precipita-se na galeria e dá uma corridinha para apanhar o elevador que está de partida, lotado de estudantes. Abre espaço e posta-se na entrada do elevador como uma garça na lagoa, deixando uma perna suspensa contra a célula fotoelétrica. Retém a porta até a chegada de Aliandro, que sente o dedo de Ariela Masé roçar seu peito a caminho do botão do vigésimo andar. Ela é um nada mais baixa que ele e os dois quedam por um instante cara a cara, um instante em que ela pisca os olhos, antes de desviá-los, e ele pensa que os olhos dela cheiram a canela. Os estudantes às suas costas alternam silêncios com risadas coletivas, e Aliandro adivinha que fazem gestos libidinosos. Saltam cantando no sexto andar, onde funciona um curso de inglês. Ariela Masé recolhe-se ao fundo da cabine e Aliandro procura uma bobagem para lhe dizer. Desiste porque ela parece magnetizada, acompanhando a contagem na plaqueta metálica acima da porta: 7, 8, 9, 10, 11... Resta-lhe observar o tapete marrom de pêlo duro, que está úmido e escuro feito um xaxim. Mas pelo canto do olho ele espia Ariela Masé, sua faixa de barriga nua entre o jeans e a blusa curta de crochê.

Tantas vezes Ariela conduziu um cliente masculino pelo corredor, tantas portas de apartamentos abriu para dar passagem a um homem, e nem assim se habituou a um protocolo que considera humilhante. Sonha um dia passar as chaves discretamente às mãos do cavalheiro e pedir-lhe que a deixe entrar na frente, como se a interessada fosse ela. Agora mesmo no elevador a idéia veio-lhe à cabeça, pois o cliente parecia um tipo arejado, não se escandalizaria com a proposta. O oposto do cliente da véspera, um gordo que já a recebera na portaria de cara amarrada por causa de dez minutos, e que a seguira bufando pelas escadas de um edifício em obras, e que xingava a mãe de Deus em espanhol enquanto Ariela penava para abrir a porta, e que sem se despedir virou as costas e saiu à cata de um orelhão para dar queixa dela à corretora: Ariela trouxera as chaves de outro imóvel.

Com as chaves numeradas o desastre não se repetiria, e desta vez Ariela sente certo orgulho ao abrir a porta: é um conjunto de salas muito luminosas que ela ainda não conhecia, pois seu proprietário tinha acabado de reformá-las para valorizar o aluguel. Quatro ambientes, fora copa e toalete, cor de gelo de alto a baixo, um carpete que dá vontade de patinar, tão branco que Ariela só falta pedir ao cliente para tirar os sapatos, e ao cogitá-lo repara que ele não usa meias. Percorre as salas traçando ângulos retos como se evitasse a mesa da secretária, o sofá e as poltronas da ante-sala, a escrivaninha, os fichários, a estante de mogno, os móveis que ela concebe para um escritório de advocacia ou, melhor até, um consultório médico. Aponta as tomadas e os pontos de luz pintados de branco, imperceptíveis nas paredes e no chão, chama a atenção para o sistema de refrigeração central, até descobrir que fala sozinha; o cliente despiu o paletó e sorri com metade da boca, olhando na direção da cintura dela. Tirou os óculos ray-ban para mostrar que tem olhos azuis, e é um cafajeste. Tomou o tempo dela. É um desocupado, e Ariela sente que vai chorar. Sente esquentar o nariz e, pela expressão dele, entende que se está desfigurando. Cobre o rosto e corre para o toalete, sabendo que seus olhos incharão no instante em que ela se olhar no espelho e falar "sua burra! sua incompetente! sua fracassada!". Mas o banheiro cheira a tinta fresca, não há espelho e as lágrimas não vêm; a raiva supera a desolação e todo choro de raiva é seco. Mais uma vez ela foi ingênua, ouvira "doutor Aliandro Esgarate" no telefone e imaginou um psicólogo, um ginecologista, sabe lá por quê. Mas já deveria tê-lo farejado à distância, não porque ele fosse meio amulatado, mas pela atitude, pelo balanço do corpo quando andava, pela camisa aberta, pela corrente grosseira no pescoço e pelo medalhão dourado com uma pedra branca. Uma profissional como ela teria a obrigação de desembaraçar-se desde o momento em que ele a cumprimentou: doutores não se apresentam assim com a mão toda engordurada.

Ariela deixa o banheiro e arranca direto para a saída; se o tipo fizer corpo mole, está disposta a trancá-lo por fora. Mas ele sumiu. Ariela sai e vê o corredor vazio, passa a chave na porta, torna a abri-la, lembra-se de inspecionar a copa, refaz o circuito dos quatro ambientes, chega à janela e verifica que por cima dos prédios se avista o mar. Ela não tem mais visitas programadas para hoje, e retira-se daquelas salas com a melancolia que sempre a acomete após um dia perdido, como noventa e cinco por cento dos seus dias. Se retornar ao escritório chegará no final do expediente, por isso pensa em rever sozinha um apartamento mobiliado que lhe é simpático, em frente à praia, só para tomar um copo d'água, deitar-se na espreguiçadeira e espiar os navios. Só para não ter de voltar cedo para a sua casa, um sala-e-quarto em bairro distante, sem gás encanado nem linha telefônica, que ela teria vergonha de mostrar ao mais modesto dos clientes. No espelho do elevador, Ariela nota que ainda tem os olhos irritados. Abre a bolsa e sacode-a, esperando que o vidrinho de colírio aflore, mas o elevador pára no oitavo andar e fica repleto de halterofilistas. Ao sair da galeria, olha para um lado e para outro, e não vê o charlatão. Vê apenas um velho que ela já percebera no restaurante, e que parece assustar-se por encontrá-la ali, porque dá meia-volta e sai andando rápido no meio do povo, mais rápido do que ela julgava que um velho pudesse andar.

Benjamim embarca no ônibus da linha 479, destino largo do Elefante, e faz o trajeto de olhos fechados. Viu a moça pela segunda vez na mesma tarde, desta vez de um ângulo magnífico, e pretende chegar em casa com a imagem intata, ainda quente. Necessita confrontá-la com antigas fotos, pois já sabe que é inútil recorrer à memória. As mulheres na sua memória assumiram uma solenidade, fundaram uma espécie de panteão, e Benjamim já não é capaz de recordá-las como desejaria, em comportamento e tamanho naturais, fosse penteando os cabelos, fosse comendo um biscoito, debruçadas na janela, de pernas cruzadas no sofá. Surpreendê-las no banho ou na cama, isso então seria um sucesso inédito, e não raro Benjamim o almejou. Tantas noites despertava excitado por obra de um sonho interrompido no ápice e ia ao banheiro disposto a consumá-lo. Como esquecesse a parceira do sonho, pensava nas mulheres que nunca lhe negaram fogo e as chamava, chamava, chamava, berrava "Eurídice! Corina! Maria Gonzaga! América!", e as mulheres acudiam uma a uma, porém implacáveis, impassíveis, suas faces imperiais boiando no fundo do vaso. Benjamim não lhes pedia maiores favores, posições eróticas, palavras obscenas, nada disso. Bastava-lhe que manifestassem alguma simpatia, ou compaixão, que uma delas por exemplo entreabrisse os lábios num átimo. Mas o obsceno talvez resida mesmo no interior das bocas, um vácuo mais obsceno do que qualquer som que as bocas possam emitir, e vem daí que os muçulmanos imponham o véu a suas mulheres, e não mordaças. No tempo em que Benjamim apreciava as belas-artes, constatou que os santos, os patriarcas, os reis, as personagens nobres costumam ser retratadas de boca fechada. A galeria dos boquiabertos é ocupada por mendigos, imbecis, pastores, centauros, bacantes, músicos, homens atormentados esgoelando-se, loucos na nave louca, danados no Juízo Final, assim como Eva expulsa do Paraíso, a adúltera e seus apedrejadores, e Maria Madalena, antes de ser santa, que de quebra mostra os seios. O contrapeso de boca e sexo expostos é usual nos inocentes: anjos, faunos, crianças, o próprio Menino Jesus. Já adulto, Cristo faz suas pregações e pronuncia suas parábolas sem abrir a boca. Em algumas imagens da Paixão, quando olha para o céu e é mais filho do que Deus, os músculos de seu rosto e a sua mandíbula tendem a relaxar. E relaxarão às vezes nos braços da mãe, quando o âmbito de sua boca, visível, estará no entanto desprovido de espírito. Ao descer no ponto final, Benjamim pensa no tempo em que viajava pelo mundo, pensa que percorreu museus e catedrais de ponta a ponta, pensa que viu de tudo, mas nunca encontrou uma Virgem de lábios descolados.

Benjamim irrompe em seu quarto e trepa numa cadeira para alcançar o compartimento superior do armário, onde guarda as pastas de plástico colorido com suas fotos ao longo dos anos. Sabe que tem somente uma oportunidade; se abrir a pasta errada estará perdido, pois centenas de rostos errados saltarão na sua frente, entupindo o canal que ligaria a imagem da moça que ele trouxe de ônibus à da mulher que jaz numa daquelas pastas (1962: verde, 1966: amarela, 1963: lilás, 1967: vermelha, 1965: laranja). A probabilidade de acerto corresponde a um único número no aro da roleta, mas uma roleta viciada cujo crupiê fosse amigo de Benjamim e piscasse um olho: não aposte nos anos 50, onde começa a coleção e ele era jovem demais, e descarte os anos de 70 em diante, que não valem mais a pena (1964: azul, 1963: lilás, 1962: verde, 1965: laranja). Os algarismos, como o alfabeto, nunca lhe disseram grande coisa. Tem por enquanto uma íris embaralhada diante dos olhos e não dispõe de qualquer critério para escolher a cor justa. Mas acredita que a cor justa, com sua vaidade natural de cor, mais a empáfia de saber-se a justa, não suportaria uma rejeição e cedo se entregará (laranja, azul, lilás, verde, lilás, azul, lilás). Afinal Benjamim deixa-se escolher pela pasta lilás com um 1963 sobrescrito a nanquim, convicto de que toda boa intuição é passiva. Desce da cadeira, abre a pasta e atira-a para o alto, como se tivesse achado um inseto. Retalhos de revistas e jornais cobrem os tacos do assoalho ao pé da cama. Formam uma tapeçaria decorada com um elemento obsessivo, uma figura humana que muda de flanco, de dimensões, de roupa e de cenário, mas nunca de fisionomia, e essa figura é Benjamim Zambraia aos vinte e cinco anos. Acompanham-no aqui e ali coadjuvantes sortidos, difíceis de identificar numa visão geral. Benjamim senta-se na cama à margem do painel e sua atenção oscila como um pêndulo entre dois pólos. São dois pólos que o atraem com igual intensidade, de modo que Benjamim poderia perpetuar-se em pêndulo. Começa a anoitecer no apartamento, quando ele cai de joelhos e já não hesita: as duas poses distintas são da mesma mulher, uma manequim com franja de Cleópatra, pálpebras negras e olhos puxados por delineador. De um ímpeto, Benjamim tapa as revistas, abafa a manequim, recolhe o maço de fotos, esmaga-as contra o peito e tenta atochá-las na pasta onde não querem mais caber. Dobra a pasta assim mesmo, como um sanduíche exuberante, e sobe na cadeira para encaixá-la em seu escaninho. Mas a pasta desmantela-se e deixa escorrer seu recheio, que volta a espalhar-se no chão e recompõe o tapete pelo avesso: onde havia uma multidão de Benjamins Zambraias, vêem-se agora um ex-governador à frente da sua biblioteca, um ex-campeão com o rosto emoldurado na raquete, um ex-menino-prodígio de óculos quadrados, um velho escritor com a mão no queixo, um antigo estuprador atrás das grades, um antigo pastel recém-saído do forno, um antigo concurso de beleza, éguas de antigo derby, páginas que Benjamim de cócoras emborca uma a uma até restaurar a trama original. Agora ele destaca o par de páginas com a manequim de olhos pintados e leva-a à janela, para analisá-la ao lusco-fusco. Sim, é ela, sem dúvida é ela, Castana Beatriz. Na primeira foto, uma contracapa da revista *Ciclorama*, de novembro de 63, Benjamim Zambraia está ao volante de uma Willcox conversível, tendo ao lado Castana Beatriz com a franja repartida pelo vento, e que apara na cabeça um chapéu mole torneado por uma fita com uma rosa de pano; ela faz cara de alegria com susto, porque ama a velocidade e receia perder o chapéu. A segunda foto é uma página interna da edição de Natal de 63 da revista *Frenesi*: Benjamim Zambraia traz às costas um buquê de margaridas para Castana Beatriz que, suspensa na ponta dos pés, cabeça inclinada para a esquerda e cara de curiosidade, usa um vestido de tergal bege plissado, num anúncio da Lamouche Modas.

Passada a comoção da descoberta, Benjamim admite que as feições da moça hoje avistada não remetem de imediato a Castana Beatriz. Ele precisaria que Castana Beatriz o encarasse como o fez a moça no restaurante, e depois na galeria. Mas a Castana Beatriz das revistas não encara o espectador. Trata-se de um gênero de anúncio que não dá confiança a quem o fita, porque pretende arrebatá-lo pela cobiça. E Benjamim põe-se a admirar Benjamim Zambraia aos vinte e cinco anos. Põe-se a invejá-lo tão intimamente, e com tanta propriedade, que não tarda em usurpar-lhe a namorada. Com olhos trinta anos mais velhos, Benjamim reproduz a ouro e fio a Castana Beatriz que um dia conheceu numa sessão de fotos. É certo que não pode vê-la saltitando em sua direção, entre spots e ventiladores, como a viu em seu primeiro encontro; a Castana Beatriz diante de si é sempre uma fotografia, e permanece estática. Mas como em toda foto de pessoa com quem se partilharam momentos variados, sua figura termina por se locomover no tempo. Pela perspectiva de Benjamim, Castana Beatriz aproxima-se não no estúdio fotográfico, mas num corredor do tempo, e ao seu rosto de menina acrescentam-se outros rostos que ela iria adquirir anos depois. Passam-se sete anos pelo rosto de Castana Beatriz, durante o minuto em que Benjamim o contempla. No minuto seguinte, ele já não enxerga Castana Beatriz nas fotos que estende na noite, apoiado ao parapeito. Mas vê suceder-lhe a moça de cachos castanhos, com seu sorriso plácido à saída do restaurante. Agora Benjamim pode jurar que a moça é filha de Castana Beatriz. Deita-se nu na cama, e entre as penumbras vê Castana Beatriz que passeia à vontade na pele da filha, alguns números maior que a sua.

2

"Mãe. Gostaria demais que você estivesse aqui comigo. Passei um mês na fazenda e engordei um pouco. Tenho lido bastante e acho que vou aprender novos idiomas. Semana que vem pretendo mudar para um apartamento em…", ou "Querida Mãe. Estou péssima! Tenho tomado muitos ansiolíticos e semana que vem vou no psiquiatra. Gostaria demais que você estivesse…", ou "Caro Jeovan. Passei a noite pensando nas nossas diferenças. Acho que será melhor para mim e para você…". Ariela Masé amassa mais uma folha de papel timbrado da Imobiliária Cantagalo Ltda. e comprime-a quase com fúria, esfregando as mãos em concha. Dá-se por satisfeita quando logra uma pelota do tamanho de uma bola de pingue-pongue. Faz pontaria na cesta de lixo a dois metros de distância, quando vê pelo vidro da divisória o seu cliente da semana passada, o tal doutor Aliandro Esgarate, entretido com a recepcionista. Ariela começa a rabiscar uns números no bloco de papel timbrado, à espera de que toque o telefone interno ou batam à sua porta, o que não acontece. Ergue os olhos e já não vê o cliente. Deixa o seu módulo e vai interpelar a recepcionista que, mastigando a caneta, indica com a sobrancelha a sala do doutor Cantagalo. Da sala chegam-lhe dois vozeirões em contraponto, e por um momento Ariela tem a ilusão de ouvir uma ópera. Em seguida escuta uns risos que lhe parecem sarcásticos, porque nasais. Perturbada, ameaça levar a mão à maçaneta. Repara que a recepcionista também ri, a caneta empinada entre os lábios, olhando para a sua mão suspensa. Ariela recolhe a mão, que julga medonha, sua palma cheia de vincos emaranhados, como uma palma que tivesse séculos de amarrotar papéis. Ela não pode invadir a sala do chefe, mas deveria deixar claro que o cliente é dela. O telefonema caiu na mesa dela, o dossiê do imóvel estava na gaveta dela, quem lhe apresentou o conjunto de salas, bem ou mal, foi ela. Recrudescem as risadas.

A recepcionista levanta-se para atender à campainha e dá passagem a um tipo oriental que abana a cabeça para Ariela, sorridente. Pelo telefone interno a recepcionista anuncia o locador do imóvel e encaminha-o à sala do chefe. Ariela antecipa-se, abre a porta e ganha a sala na esteira do chinês. Enquanto o doutor Cantagalo contorna a mesa para recebê-lo, o doutor Aliandro Esgarate levanta-se e beija a mão de Ariela numa mesura exagerada. Locador e locatário sentam-se de frente para o doutor Cantagalo, e não sobra cadeira para Ariela. Começam a falar de homeopatia, depois falam de cachorros de raça, e Ariela sabe que as preliminares são mais extensas quando o negócio é conveniente para todas as partes. O contrato está exposto no centro da mesa, mas os três dissimulam, abstêm-se de abordá-lo, como se fosse um pássaro ali pousado. Ariela aproxima-se da janela e pensa que a comissão sobre um aluguel não vai remediar sua vida. Mas acredita que o chefe reconhecerá o seu mérito e breve lhe confiará a venda de algum imóvel de luxo. A Imobiliária Cantagalo fica no segundo andar de um edifício de escritórios a uma quadra da praia, e Ariela gosta de ver os banhistas ocupando a calçada nas manhãs de sol. Atletas tatuados, meninos louros com pranchas, crianças com baldes, velhos de sunga e mulheres nuas esbarram em executivos encabulados, de terno e gravata. Um carro esporte estacionado em fila dupla provoca um buzinaço, e Ariela custa a entender o chamado do doutor Aliandro: ele insiste em que ela assine e rubrique as quatro vias do contrato, na condição de testemunha e talismã. Ariela inclina-se contra a mesa, e o tampo de mármore marca a malha do vestido na metade exata das suas coxas.

Enquanto o doutor Cantagalo acompanha seus clientes ao elevador, Ariela cola o rosto na vidraça do escritório. Tem a sensação de sobrevoar a rua ensolarada. Hoje é o dia do padroeiro da cidade, foi decretado ponto facultativo, e talvez ela peça licença ao chefe para um passeio à beira-mar. Talvez entre no banheiro de um bar e vista o biquíni que sempre carrega na bolsa de lona. Talvez retorne a ligação de seu amigo Zorza e aceite o convite para sair no horário do almoço. Lá embaixo ela vê o doutor Aliandro confraternizando com o chinês. Vê dois negros robustos de colete brilhante que se aproximam pelas suas costas, e pensa que vão prendê-lo. Sente vontade de gritar "cuidado!", mas os negros estacam a meio metro do doutor Aliandro e ficam espiando em torno, controlando os transeuntes, com aqueles olhares de marido inquieto que os guarda-costas têm. O doutor Aliandro troca cartões com o chinês e sai à frente dos negros, as mãos no bolso e o contrato enrolado feito um diploma no sovaco. Surge agora um furgão coberto de cartazes com o rosto dele sobre fundo azul e o letreiro amarelo: "Vote em Aliandro". Os dois negros pulam para dentro do furgão e o doutor Aliandro não tem pressa em abrir a porta do carro esporte que afunila o trânsito. Antes de sentar-se ao volante, olha para o alto e exibe os dentes largos e muito brancos. Ariela não sabe se é um sorriso em favor dela ou um esgar contra o sol.

 A nuvem que Aliandro observou uma hora antes, quando parou o carro, também parece estacionada. Permanecem quase intatas as suas formas de castelo, a base chata apenas um pouco alongada para sustentar as torres que se deslocaram de leve para o norte. Mas é visível que as torres logo serão decepadas pelo vento sudoeste, que curvará o dorso do castelo, que arrancará no céu transfigurado em touro, o que é bom presságio. Aliandro anda com os bolsos apinhados de contas, búzios, figas, e seu tato custou a discernir as chaves do carro. Sai dirigindo em ziguezague, acompanhando o furgão de seus assessores pelo retrovisor, e um rosário de ossos balança na alça do espelho. Mas nenhum objeto lhe é mais caro do que a pequena opala oval, no centro do medalhão de ouro que leva aconchegado ao peito. Herança da mãe, que se fez incrustar a pedra no umbigo durante a gestação de Aliandro, tendo fé em que daria à luz um filho branco. O pai de Aliandro, preto igual à mãe porém agnóstico, já não gostou de ver o bebê dormindo no berçário, a pele leitosa. E quando os olhos do garoto firmaram sua cor azul-celeste, sumiu no mundo. Burlando as leis da genética desde o nascedouro, Aliandro habilitou-se a desafiar o que mais o destino lhe reservasse. Ele convenceu-se de que, se acatasse as estatísticas, moraria até hoje nas palafitas, estaria tuberculoso, seria semi-analfabeto, ou quem sabe trabalharia na construção civil, freqüentaria o culto, pagaria o dízimo, ou quem sabe lavaria cloacas, teria sete filhos de mãe alcoólatra, e em todo caso jamais conheceria a carne rosada da lagosta, sua consistência de mulher jovem. Se valesse a justiça dos homens, ele sabe que não estaria hoje ao volante de um carro hidramático, que pode pilotar manipulando amuletos. Não passaria incólume pela guarita da G. Gâmbolo Publicidade e Marketing, nem atravessaria gingando a sala de espera do casarão, onde um grupo de barbudos discute entre si, cada qual com um folheto na mão, e um pastor maquiado dorme numa cadeira com uma Bíblia no colo. Se Aliandro Esgarate fosse homem de aguardar a sua vez, nunca se faria lembrar por uma secretária de voz grave que, depois de despachar um infeliz pelo telefone, levanta-se para cumprimentá-lo com os braços cheios de pulseiras, e o introduz nos estúdios de G. Gâmbolo.

Benjamim acaricia a própria face da têmpora ao queixo e arrepende-se de ter feito a barba. Pensa com desgosto que besuntou de brilhantina seus cabelos brancos, no intuito de torná-los grisalhos, e que escovou e colocou para arejar o paletó de tweed. Pensa que virou pelo avesso a calça de veludo e que a passou a ferro, e que separou duas camisas brancas (gravata listrada, gravata grená com prendedor, sem gravata, gola rulê). Pensa que trepou na cadeira, abriu a pasta cinzenta que contém suas fotos nos recentes quinze anos, e desdobrou um pôster: o que completava o figurino, na verdade, era um foulard de seda bordô. Pensa que perdeu horas revirando gavetas em busca do foulard, que foi encontrar por acaso no bolso interno do paletó de tweed pendurado na janela. Pensa que se vestiu, calçou meias de cano longo e sapatos de bico fino, poliu os óculos de tartaruga, acendeu um cigarro e sentou-se diante do espelho do armário. Comparou-se à sua foto no pôster de dois anos atrás, e lembra-se de ter sorrido, de ter se julgado um tanto mais jovem no espelho. Agora ele atravessa vexado o salão do Bar-Restaurante Vasconcelos e volta à sua mesa na varanda. Com paletó de lã, calça de veludo e foulard de seda, seria mais razoável sentar-se debaixo do ventilador. Mas ele convidou G. Gâmbolo para um drinque e prefere esperá-lo na varanda. Se G. Gâmbolo passar de carro, reduzir a marcha e não avistar Benjamim, talvez sinta preguiça de procurar uma vaga e siga em frente.

Ele sabe que G. Gâmbolo não vem. Mesmo assim, despeja o mate no copo longo cheio de gelo, repõe os óculos sem grau e acende o cigarro, que fuma sem tragar. Pelo tom da secretária, presume que ela nem sequer transmita o recado ao patrão. O que é uma pena, pois G. Gâmbolo encontraria um Benjamim em ótima forma. Recordaria imediatamente a imagem de Benjamim Zambraia nos outdoors do ano retrasado: Cigarros Knightsbridge. A marca projetou Benjamim em todo o país, durante quinze dias. Também estava prevista uma campanha publicitária na televisão, que foi sendo protelada, protelada, mas Benjamim não é ator, é modelo fotográfico e nunca se entusiasmou com televisão. Gravou certa vez um comercial para uma companhia aérea: estirado na poltrona, representava um passageiro da primeira classe que deveria estar dormindo quando a aeromoça chegasse com o café-da-manhã.

Mas Benjamim percebeu o movimento da câmera, suas pálpebras desandaram a tremelicar e o diretor não teve paciência para repetir a cena, substituiu-o. Quando retiraram do mercado os cigarros Knightsbridge, com certeza G. Gâmbolo pensou que Benjamim se magoaria. Em nome de uma antiga amizade, telefonou para dar satisfações e falou da atual voga antitabagista, que só poderia ser neutralizada por meio de mensagens dinâmicas, com modelos juvenis, de aspecto saudável. Queria com isso insinuar que ele, Benjamim, parecia doente do pulmão, quando o problema era outro. G. Gâmbolo é do ramo e deveria saber que um cigarro chamado Knightsbridge, um nome que mal cabe no maço, um nome que se escreve como ninguém pronunciaria, já nascera condenado. Tanto é verdade que foi relançado um mês depois, com o mesmo papel, a mesma mistura de tabacos, a mesma nicotina e o mesmo alcatrão, batizado Dam. Criaram a campanha publicitária para a televisão, um videoclipe de três minutos exibido em rede nacional, com jovens louros e rastafáris abraçados, dançando na ponte, andando de barco nos canais, cantando e passando um cigarro de mão em mão. Na época G. Gâmbolo tentou ser delicado, voltou a ligar para Benjamim. Disse que pensara nele para a promoção de um conhaque no inverno seguinte, mas o assunto morreu ali.

Benjamim assina a conta e levanta-se para sair. Senta-se de novo, pois não tem rumo definido para esta tarde.

Levanta-se pensando em telefonar pela última vez para o escritório de G. Gâmbolo e certificar-se de que ele não vem ("então não precisa mais vir", "ele tem meu telefone", "compreendo perfeitamente", "quero que ele morra"). Desiste do telefonema e senta-se de costas para a rua, pois suspeita que o estejam vigiando da calçada oposta. Ele sabe que, se uma lente perspicaz focalizasse sua fisionomia ao longo daquela semana, surpreenderia um maníaco. Há sete dias Benjamim só faz perguntar pela filha de Castana Beatriz, o que é tarefa bastante abstrata, por lhe faltar seu nome. Voltou à galeria de onde a vira sair, e no índice do hall de elevadores contou vinte e sete dentistas. Visitou-os um por um, descreveu-lhes Ariela e sua boca, mas não obteve resposta prática. No mesmo edifício consultou médicos de distintas especialidades, e um pneumologista mais solícito, ou compungido diante de tamanha insistência, chegou a lhe mostrar os raios X de algumas pacientes. Bateu à porta de advogados, joalheiros, detetives, agências de viagem, confecções de lingerie, em suma. Hoje Benjamim acordou com a resolução de arranjar um trabalho, ganhar um dinheiro, fingir ocupar-se com outras coisas. Persuadiu-se de que a filha de Castana Beatriz prefere aparecer-lhe por acaso, como um foulard de seda; a ele cabe somente estar suscetível ao acaso. Isso explica o seu sobressalto quando uma mão delgada, com dedos de pianista, toca seu ombro três vezes. Se ele conseguisse voltar o rosto sem nenhum pressentimento, quem sabe teria agora diante de si a filha de Castana Beatriz. Mas vira-se rápido e com o tronco inteiro, no antegozo da presença dela, e quem lhe aparece é uma adolescente de macacão jeans e boné na cabeça que fala "a gente estava olhando o senhor". Atrás dela, outra adolescente de boné, meio gorducha e com espinhas no rosto, pergunta "o senhor não é aquele artista?".

Mesmo quando estava em grande evidência, Benjamim não costumava ser abordado na rua. Saudavam-no às vezes com familiaridade equivocada, convencidos de conhecê-lo de vernissages, de alguma ilha, quem sabe do Jockey Club, de convenções ou de um transatlântico. Mas as pessoas mais sérias sem dúvida desconfiavam de um cidadão assim onipresente, que ostentava saúde, fortuna, simpatia, e não tinha nome. O próprio Benjamim sentia-se ludibriado por aquela glória crescente, que tornava a cada dia mais profundo o seu anonimato. Ginasianas cochichavam quando o viam passar, chegavam a corar, ensaiavam uma perseguição, e na primeira esquina perdiam o ânimo; não iriam chamar uma celebridade com um "psiu", um "oi", um "ei", nem veriam substância no seu autógrafo. Agora que entrou na moda fotografar-se ao lado de artistas, Benjamim perdeu em fotogenia e ninguém mais o persegue. Mas caso as adolescentes de boné tenham trazido uma polaróide, não lhes fará objeção. Já mandou abrir duas coca-colas, que elas recusam porque têm pressa; um carro espera-as na calçada oposta e elas fazem questão de que Benjamim as acompanhe. Benjamim não está para aventuras, sem falar que desembestou uma ventania, mas elas arrastam-no pelos braços até o outro lado da rua. A gorducha fala "é rapidinho", a da boca bonita fala "por favor", e quando ele se dá conta está espremido entre as duas no banco traseiro de um carro compacto e barulhento, que o motorista acelera antes de arrancar; faz muito calor ali dentro, e em cada janela lateral está colado um grande número 11 com fita crepe. Quando o carro sai pela avenida Finisterra, Benjamim cumprimenta o motorista e o outro rapazola à sua direita que, embalados pela música do toca-fitas, não respondem nem olham para trás. Os bonés dos rapazolas, com a inscrição "Scandal" acima da pala arrevesada, viajam de frente para Benjamim.

Um carro com um toca-fitas poderoso e a buzina disparada força ultrapassagem pela direita, e seus passageiros sem camisa fazem mímicas que Benjamim não decifra. É uma pick-up escura com um raio vermelho e o número 27 fosforescentes nas portas, e de cuja antena esvoaça uma faixa com as palavras "Escuderia Spartacus". A pick-up toma a dianteira, e só então Benjamim vê um grande volume na sua caçamba, envolto num plástico preto e sustentado por um cordame. Poderia tratar-se de um canhão antiaéreo, não fosse pelo tubo demasiado estreito e pontiagudo. Benjamim prefere crer que seja uma estátua eqüestre, com um general empunhando a espada contra o céu. Nas curvas, a estabilidade da pick-up é duvidosa, dando a sensação de que lhe falta lastro para carga tão vertical. E de quando em quando a estátua pega a contorcer-se, como se tivessem baleado o cavalo e o general brandisse a espada. Já fora de alcance, a pick-up fecha um auto-escola, penetra entre duas motos, ocupa o centro da pista e encaixa-se na ogiva negra de um túnel. O motorista de Benjamim esbofeteia o painel, insatisfeito com o rendimento da máquina, e a adolescente da boca bonita procura consolá-lo cruzando os braços em torno do seu pescoço. O motorista desvencilha-se dela de uma forma brusca, o que leva Benjamim a pensar que ele a tomou pela gorducha espinhosa. Mas ao observar a expressão da menina, serena, Benjamim compreende que é assim mesmo.

Pouco além do túnel eles estacionam no pátio da Concessionária Owa Importadora de Veículos, onde encontram a pick-up cercada de crianças. Quatro rapazes de torsos musculosos montaram na caçamba e acabam de recolher o manto de plástico preto que cobria uma girafa. Nua, a girafa nem parece tão grande aos olhos de Benjamim. Mas Benjamim já notou que mulheres também mínguam à medida que tiram a roupa, os brincos, a pintura, do mesmo modo que uma sala míngua quando é despojada da mobília. Os rapagões encoleiraram a girafa com quatro laços e agora começam a desatar suas patas. As pernas da girafa estão trêmulas, e Benjamim tem a impressão de que seus cílios são postiços. Benjamim queria ver se ela escoiceava, mas as adolescentes conduzem-no para dentro da loja, um pavilhão recém-erguido sobre estrutura metálica, de cujo teto prateado pendem balões e bandeirolas com o anúncio "Gincana Owa". Famílias lambendo sorvetes admiram os carros e motos da marca Owa, expostos como bijuterias gigantes, sobre plataformas giratórias forradas de veludo. As adolescentes abrem caminho para Benjamim em direção ao grande palco no fundo do pavilhão, onde um homem com microfone puxa aplausos para cinco moças idênticas, vestidas de boneca. Estoura a música, descem as qüinqüegêmeas e sobe uma menina roxa e muito barriguda, acompanhada de um casal com camisetas da Escuderia Manipur. Benjamim chega ao pé do palco e pára ao lado de um sujeito com chapéu de vaqueiro que atende a uma roda de fãs. Atrás de um chimpanzé de gravata-borboleta no canto do palco, o motorista da Escuderia Scandal faz sinais para a adolescente gorducha, que pergunta "qual é mesmo o nome do senhor?". Benjamim fala "Benjamim Zambraia", atento ao apresentador que exibe a certidão de nascimento e o atestado médico de Leonarda Ló, nove anos de idade, grávida. O público aplaude e as caixas de som irradiam a mesma música da pick-up, com o refrão "chuta a minha cabeça, chuta a minha cabeça". O motorista da Scandal parece muito excitado e vem perguntar a Benjamim em que canal de televisão ele trabalha. Benjamim não sabe o que responder, e a adolescente da boca bonita fala "eu não te disse, sua anta!". A adolescente gorducha põe as mãos nas cadeiras e o motorista diz que o fiscal está a fim de tirar os pontos da escuderia; vira as costas, sai de braço com a namorada, e a adolescente gorducha vai atrás gritando "ignorantes! ignorantes!". O apresentador aponta o sujeito com chapéu de vaqueiro e anuncia: "Robledo!". Acorre uma legião de mulheres, mais um punhado de cinegrafistas, e Benjamim fica encalacrado contra o palco.

Ariela Masé já saiu com Zorza uma dúzia de ocasiões, mas esta é a primeira vez em que o observa de perfil. Conheceu-o há três meses, quando entrou numa agência de carros para espairecer, e encantou-se com um modelo japonês. Zorza apresentou-se como gerente de vendas e, mesmo avisado de que ela nem sonhava possuir um carro zero-quilômetro, dispôs-se a atendê-la como a um cliente vip, nas palavras dele. Ariela registrou a maneira como ele acariciava a lataria, afofava o estofamento e apontava os atributos do motor, sempre olhando para os olhos dela, e pensou que fosse alguma técnica de vendedor de carros que ela poderia adaptar ao próprio ofício. Não viu malícia ou galanteio na solicitude de Zorza, embora admitisse que ele lhe era simpático havia algum tempo, pois a bem da verdade já o conhecia através da vitrine. Mas Ariela ainda se recuperava de uma perda recente, muito dolorosa, e mesmo aceitando o convite de Zorza para um almoço, excluiu qualquer perigo de novo envolvimento afetivo. No dia seguinte Zorza mal tocou no estrogonofe de camarão, consagrado que estava a Ariela. Sem desviar os olhos, mandou o garçom substituir o vinho, elogiou a decoração marítima do restaurante, manuseou cartões de crédito, e por milagre não bateu o carro quando a conduziu de volta ao escritório. No segundo almoço Zorza ofereceu a Ariela um relógio com corrente de lápis-lazúli. Não permitiu que ela lhe agradecesse, porque era uma mera lembrancinha; tocou seu braço e, encarando-a, contou quanto tirava por mês na agência de automóveis. À saída do terceiro almoço Zorza levou Ariela para um bairro de classe média, estacionou diante de uma escola primária e debruçou-se sobre o banco dela. Quando ela pensou que ele fosse beijar-lhe a boca, ele perguntou se daquele ângulo ela podia ver uma mulher com lenço na cabeça levando duas crianças pela mão, e informou que eram sua esposa e seu casal de filhos. Ao quarto almoço, Ariela faltou. No reencontro, Ariela pensou que Zorza fosse fazer um discurso sofrível, mas ele levou-a para a cama sem nada falar. Mudo permaneceu pelo resto da tarde, a contemplá-la, e assim durante todas as outras tardes, uma vez por semana, no restaurante, no carro, por cima dela na cama. E Ariela habituou-se a baixar os olhos na presença de Zorza, visto que o silêncio não sustenta o peso de longos olhares recíprocos, exceto nos filmes de amor, e nem mesmo nos filmes de amor porque ali, quando cessa o diálogo, o diretor sempre coloca uma música. Em três meses Zorza nada procurou saber de Ariela além do que constaria no cadastro, omisso, de qualquer cliente. Não perdê-la de vista, para ele, já era um bom negócio, pois de comerciante Zorza só conservara o talento para não ser amado. E no entanto Ariela poderia até apaixonar-se por ele, se ele já não ocupasse todos os espaços da paixão com a massa daquele olhar. Um dia ela quase lhe pediu que não a olhasse tanto, pelo menos durante a refeição. Ariela quase lhe implorou que se relaxasse, que olhasse para outras moças, que simulasse alguma indiferença, mas seria como implorar a um cão que fosse gato.

Agora ela vê sua face esquerda gotejando, seu cenho, seus olhos miúdos, as sobrancelhas grossas de pensador, o lábio inferior úmido e protuberante, a papada que parece um bócio, e está envaidecida por sentar-se ao seu lado num canto de palco. Entre tantos funcionários da firma, foi ele o selecionado para coordenar a gincana na inauguração da nova agência Owa, após um teste de conhecimentos gerais. Ainda assim, é obrigado a ouvir desaforos de uma garota obesa com problemas de acne, que balança os quadris e berra para todo mundo ouvir: "Esse fiscal é um ignorante!". Ariela não acompanha televisão, pois costuma chegar em casa tarde da noite, mas às vezes distrai-se com as revistas especializadas. Por isso dá razão a Zorza: ninguém jamais ouviu falar naquele nome que a garota quer classificar na categoria "artista famoso". Mas a garota é malcriada e diz que gente ignorante feito o Zorza fica vendo besteira na tevê e não se digna a pôr os pés num teatro. Diz que o famoso ator Benjamim Zambraia é protagonista de uma tragédia grega, há três anos em cartaz no Teatro Setentrional. E indica um senhor muito bem vestido que se aproxima olhando fixo para Ariela, possivelmente acreditando que seja ela a fiscal da gincana. A garota apresenta-o a Zorza, mas ele prossegue na rota de Ariela, com dois olhos exorbitantes. Não é um olhar igual ao de Zorza que, por enxergar Ariela tão exatamente como ele pensa que ela é, chega a ferir-lhe a pele. É um olhar que não parece partir dele nem termina nela, e Ariela compreende que aquele homem é um verdadeiro artista. Ariela nunca foi olhada antes por um verdadeiro artista. Por isso meneia a cabeça e pondera que, na realidade, talvez ele nem sequer esteja olhando para ela. Talvez os refletores tenham deslumbrado sua vista para o resto da vida, e ele caminhe por aí sem distinguir o rosto de ninguém. Talvez todas as noites, há três anos, ele avance cego até o proscênio, e talvez trezentas mulheres em trezentos pontos da platéia tenham a ilusão de merecer o olhar exclusivo de Benjamim Zambraia.

A garota gorda ergue os punhos, dá vários saltos sem sair do chão e puxa o ator pela manga do paletó. Quando o locutor anuncia o laureado galã Benjamim Zambraia, Ariela percebe que naquele local ninguém freqüenta teatro. Em vez de bater palmas, o público vira-se de costas para o palco e produz um "oh": acaba de entrar no pavilhão uma girafa, que quatro atletas de peitos nus procuram guiar por meio de quatro cordas cruzadas em volta do pescoço dela. É uma manobra complexa, pois a girafa resiste à tração das cordas, que três dos quatro atletas retesam com o peso de seus corpos. Ariela repara que ela só é dócil àquele que mantém a corda frouxa, e pensa que deve ser uma girafa fêmea. A caminhada da girafa é cada vez mais obstruída pelas pessoas que se intrometem no percurso, muitas com crianças no colo, para se fazer fotografar ao seu lado. Ariela acha que é capaz de ter trazido uma câmera e, ao mergulhar a mão na bolsa, sem querer pesca um molho de chaves. Então lembra-se do compromisso assumido para o final da tarde: um casal de clientes, para quem o doutor Cantagalo solicitou uma atenção especial, já deve estar à sua espera na porta de uma casa nas redondezas. Ariela escapa pelas laterais do pavilhão, onde se abriu algum espaço com o assédio à girafa, recriminando-se por não ter dado os parabéns ao ator Benjamim Zambraia, além de um tchau para o Zorza.

A gorducha ia propor uma carona a Benjamim, mas a adolescente da boca bonita grita com ela: "Cai fora, vamos catar o gambá!". De qualquer jeito ele não pretendia partir tão cedo. Guarda no bolso do paletó o Owa de bronze em miniatura, com que o apresentador o brindou, e volta ao canto esquerdo do palco onde, contudo, já não vê a filha de Castana Beatriz. Vê o amigo dela que, empoleirado na sua banqueta de fiscal, passa o lenço no rosto e chama "Ariela, Ariela, Ariela" com uma voz ridícula. Benjamim alcança a saída e espia o pátio de estacionamento, onde uma chuva acaba de desabar. É uma tempestade súbita de verão, e as pessoas que ali circulavam correm desarvoradas para dentro de seus carros ou de volta à loja. Sozinha na avenida caminha Ariela, ligeira mas não muito. Caminha de queixo erguido como caminharia a mãe, ignorando as poças, e da bolsa de lona com que protege os cabelos, faz um adereço casual. Caminha por onde ninguém caminharia, mesmo em dias de sol, porque aquele é um bairro novo, de amplos espaços, nenhuma sombra, pistas de alta velocidade, um bairro criado adrede para não se andar a pé. Os automóveis espirram nas pernas de Benjamim que segue Ariela em marcha progressiva, prevendo emparelhar com ela três quadras adiante, onde simulará surpresa. Compraz-se em vê-la tomar uma rua transversal, de pouco movimento, pois entende que com isso ela procure facilitar a abordagem. Ao chegar à esquina, porém, verifica que Ariela progrediu quatro quadras, embora aparente manter o mesmo passo. Parece mesmo remanchar um tempo, antes de dobrar à esquerda, como a assegurar-se de que ele não perderá seu rastro. Benjamim conclui que Ariela foge dele ao estilo da mãe, que mais se fazia perseguir do que fugisse de fato. Pois se naquele dia longínquo Castana Beatriz se virasse e olhasse Benjamim na cara, e lhe ordenasse que não a seguisse mais, ele não seria inconveniente. Mas quando ela tomou um ônibus no centro da cidade, talvez a divertisse saber que Benjamim a vigiava de uma padaria.

Sentou-se no último banco à frente do janelão, viajou meia hora lendo a mesma página de um livro e desdenhou o táxi que encostava no ônibus a cada ponto. Saltou num loteamento silencioso e não se abalou quando Benjamim bateu a porta do táxi, fustigando o táxi; seguiu seu rumo, como se lhe fossem familiares aquelas ruas agrestes, sem nome ou numeração. Deteve-se um minuto num projeto de esquina, tirou os sapatos e percutiu sola contra sola para dissipar a areia, ou para que Benjamim a admirasse de perfil, pela última vez. E desatou a correr, desejando com certeza que ele a chamasse, para ter o prazer de não lhe dar resposta: Castana Beatriz adotara um nome falso, e ainda que Benjamim o conhecesse, jamais o pronunciaria.

Oblíquo, o sobrado verde-musgo comparece no final da rua repleta de construções modernas. Ariela tira os sapatos ensopados e corre, não tanto para diminuir o atraso, mas para estar ofegante quando pedir desculpas ao casal de clientes que o doutor Cantagalo recomendou. Já pode vê-los encolhidos sob a marquise à entrada do sobrado e supõe que nem ali encontrem um abrigo enxuto, pois o doutor Cantagalo a preveniu de que aquela é uma casa abandonada, degenerada pelas intempéries, cheia de infiltrações. É uma casa cujo proprietário desapareceu muito tempo atrás, sem deixar vestígio. Teria sido assassinado, segundo alguns. Ou viveria no estrangeiro, segundo as autoridades da época, para quem o imóvel fora adquirido sob identidade fictícia, com fundos de origem espúria e o propósito de abrigar encontros clandestinos. De modo que se aluga a casa por curtas temporadas, em caráter precário, com contrato de boca, junto a um espólio pendente, administrado por uma senhora sem estado civil. Ariela imagina que os caraminguás ainda sejam divididos por três ou quatro homens-feitos, que não se lembram da cara do pai e gostariam de deitar abaixo o sobrado verde-musgo, para levantar um edifício vistoso como os demais.

Benjamim avança quatro quadras, olha à esquerda e não avista Ariela. Gira no centro da encruzilhada, e a placa "Rua 88" só contribui para desorientá-lo. No entanto ele poderia apostar que é esta a mesma rua, quase deserta há vinte e cinco anos, onde viu Castana Beatriz correndo com as sandálias na mão e os pés meio embicados para dentro. Benjamim nunca mais andou por este bairro, e desconhecia as fileiras de edifícios com fachadas de espelho que foram construídos em ambos os lados da rua, de forma que uns refletem os outros e vice-versa indefinidamente. Na perspectiva de Benjamim os edifícios formam duas muralhas esplêndidas, que no confronto se anulam. E a rua 88 resulta ainda mais vazia do que era antes, porque polida da areia, do capim, das coisas todas. Assim como o objeto da memória apaga aos poucos seus contornos, a rua 88 reduz-se ao que dela recordava Benjamim: o sobrado verde-musgo onde Castana Beatriz sumiu para sempre. Agora ele enxerga Ariela descalça a caminho do sobrado, descobre-se repetindo os passos com que então partiu atrás de Castana Beatriz, apenas um tanto mais lentos, como se a reprodução exata de cada movimento cobrasse um tempo extra. Só não perde terreno porque Ariela, correndo para a armadilha, também não o faz com o mesmo desassombro de Castana Beatriz. O próprio sobrado verde-musgo, se comparado à primeira vez em que Benjamim o viu, hoje parece mais vagaroso, dentro da sua imobilidade. Num ângulo obscuro do sobrado, Benjamim entrevê dois indivíduos suspeitos e grita afinal: "Castana Beatriz!". Ariela, é claro, não atende por esse nome. E ele não chega a tempo de impedir que ela abra a bolsa enorme, agite-a com as duas mãos, recolha um chaveiro de couro e introduza os suspeitos no sobrado. Mal ela fecha a porta, Benjamim escuta o motor de um carro às suas costas, e terá dificuldade em explicar o que faz ali correndo com cara de louco, gritando o nome de uma mulher. Estaca, presumindo que seus ocupantes apontam em sua direção (o dedo, o fuzil, a metralhadora). Antes que lhe façam perguntas, Benjamim joga-se contra a viatura, mete metade do corpo pela janela, dita seu nome e espicha um extenso porta-documentos sanfonado, feito baralho de mágico. O motorista examina a miniatura de automóvel dourado que lhe caiu entre as pernas, depois aciona o taxímetro e pergunta aonde deve conduzir o cavalheiro. Benjamim sente um repuxão no canto da boca e fala "largo do Elefante".

Ariela contava encontrar um casal idoso, mas são dois homens ainda jovens que a aguardam sob a marquise do sobrado. Um tem o rosto largo, áspero, e ampara-se no umbral sentindo imenso frio, ou pavor dos relâmpagos. O outro, magro e branco demais, ri para as nuvens com a camisa desabotoada. Ariela abre o cadeado e desarticula a corrente provisória que, com o auxílio de uma única dobradiça, segura a porta da casa. Entra atrás dos rapazes, encosta a porta e põe-se a tatear a parede à cata do interruptor, porque as janelas estão vedadas e a escuridão é completa. Sob a luz elétrica, a pele do menino miúdo é ainda mais pálida, vidrosa. Ariela abre os braços para apresentar a sala, mas não sabe o que falar e olha para os clientes, e olha para o assoalho de tábuas empenadas. Indica a escada que leva aos quartos, acompanha os rapazes até o terceiro degrau, mas sente um princípio de náusea e prefere esperá-los embaixo. Roda pela sala e fecha a porta da cozinha, que exala um cheiro de bicho morto. Meio desequilibrada, tenta de novo subir a escada, ouve os rapazes que conversam baixinho num dos quartos, recua, sai à calçada e respira fundo. Vê um táxi que acaba de partir, estende a mão, mas o carro já vai longe e está ocupado. Passa a corrente na porta, e torna a abri-la para dar passagem aos rapazes, que sem querer ia trancando ali dentro; não parecem interessados em alugar a casa, porque se retiram afobados, sem dizer palavra. Estiou, um sol rasante percorre o asfalto, e Ariela caminha de roupa molhada pelo meio da rua, mirando-se nas fachadas alternadamente, lado ímpar e lado par, ímpar e par.

3

No ano de 1535, o andarilho português Damião Boledo avistou a grande pedra cinzenta e julgou tratar-se de um elefante adormecido, à imagem dos que outrora vira em Sumatra. Dispôs-se a abordar o animal, calculando que a excursão lhe tomaria meia jornada. Tomou-lhe três dias e duas noites, e já ao primeiro entardecer ele reavaliou as proporções da pedra: superavam qualquer possibilidade de elefante, e Boledo conformou-se à difundida tese de que tamanhos mamíferos cá não vivem. Completou porém a caminhada até a base da montanha e fez questão de alisar a sua superfície, que ainda a dez braças de distância fazia-se passar por couro em lenta pulsação. A mesma impressão há de ter confundido outros exploradores, e desde o século XVII a Pedra do Elefante era assim denominada pelos colonos radicados na área. Muito antes, em século olvidado pela crônica, o índio Taibó, que nem em sonhos esquisitos concebia semelhante família de animais, só ousou pisar a pedra depois de muito espetá-la com bambu comprido. Ao concluir sua escalada, soltou um urro e fincou o bambu no cocuruto da montanha, como se acabasse de suplantar um monstro; acendeu uma fogueira, dançou ao seu redor, depois cagou. Em 1920 um casario circundava a Pedra do Elefante, prejudicando a visão da sua anatomia, e seus moradores já não faziam idéia da origem do apelido. Foi quando a prefeitura dinamitou parte do sopé da montanha, um apêndice de rocha rasteira que interceptava o traçado da avenida Almirante Píndaro Penalva. A nova via foi inaugurada com a presença do vice-presidente da República, e a imprensa não mencionou a mutilação da tromba do elefante.

Em meados de 1962 Benjamim Zambraia visitou os alicerces do grandioso prédio que se fundava em terreno anteriormente ocupado por um casario. Analisou a maquete e escolheu na planta um apartamento de sala e dois quartos no décimo andar, com as três janelas voltadas para a Pedra. Era um apartamento de fundos, mais barato do que os que davam para o largo do Elefante e as palmeiras do parque adjacente, mas o preço não influiu na opção de Benjamim. Embora tivesse esgotado suas economias e contraído dívidas na aquisição do imóvel, Benjamim sempre optaria pela Pedra, mesmo que lhe custasse o dobro. Do décimo andar, frontal ao centro do abdome da Pedra, ele sabia que a iria encarar diariamente até o fim da vida. E ficou de fato conhecendo cada poro, cicatriz, verruga, toda a rugosidade daquela pele de pedra infantil, pois tratava-se de uma rocha recente, a se confiar nos geólogos. Benjamim estava certo de que, por mais que vivesse, jamais detectaria a mínima transformação na Pedra, pois no relógio das pedras a longevidade humana não conta um segundo. Mas de quando em quando ele tinha a sensação de penetrar na dimensão temporal da Pedra. Poderia conviver com a montanha solitária, fosse em era anterior aos índios, fosse muitíssimo mais adiante em sua idade adulta, as faces lisas e rijas, dado que as rochas parecem remoçar com o tempo. Benjamim imaginava que a Pedra, em contrapartida, concederia em se deter na vidinha daquele que, por um instante, foi o seu mais devotado contemporâneo. Pela ótica da Pedra, o aspecto do Benjamim que veio morar no prédio em frente, que toda manhã abria as três janelas, fazia flexões nos parapeitos, estufava o tórax e dizia "bom dia, Pedra", seria o de um homem trinta anos mais velho que este do rosto escalavrado, que em silêncio a contempla. Benjamim não despreza a hipótese de que a razão esteja com as pedras, e que o tempo real corra ao revés do que nós convencionamos computar. É possível que os momentos que acabamos de viver subitamente se apaguem na nossa consciência, e se transformem em medo, desejo, ansiedade, premonição. E naquilo que temos por reminiscências talvez esteja um destino que, com jeito, poderemos arbitrar, contornar, recusar, ou desfrutar com intensidade dobrada.

No momento Benjamim tem a clara noção de que seu futuro está amarrado. Insone há várias noites, vê nascer o sol pela sombra do edifício na Pedra, e sente um aperto na garganta. Seu futuro enrola-se como corda na cravelha da guitarra, que um guitarrista neurótico torcesse em demasia, estirando, esgarçando e arrebentando a corda no extremo oposto. No extremo oposto está o passado de Benjamim, onde Castana Beatriz é soberana, e o passado de Benjamim com Castana Beatriz chicoteia a esmo. Não podendo se desatrelar do futuro, resta a Benjamim o consolo de que, com Castana Beatriz, tudo é remediável. Por exemplo: quando Castana Beatriz entrou pela primeira vez no apartamento, olhou a Pedra a poucos metros da janela e achou aquilo horroroso; disse que a sala era escura, abafada, úmida, disse que o quarto dele era bolorento, disse que não ficaria ali por nada neste mundo e, por falar essas coisas em tom esganiçado, ainda se irritou com a própria voz, que a Pedra reverberava. Pois agora Benjamim deixará de ter convidado Castana Beatriz ao apartamento. Terá dormido com ela somente na cama fofa dela, no apartamento do pai dela à beira-mar. Terá ignorado o pai, que fingia ignorar o namoro de Castana Beatriz com um pseudo-artista, e que nas raras vezes em que viu Benjamim, virou o rosto. Uma noite Benjamim o viu afundado na poltrona, fumando um cachimbo e escondendo o rosto atrás de um semanário, que folheava sem interesse até topar com a foto da filha no anúncio de um maiô de duas peças. Enxotou Benjamim e embarcou Castana Beatriz no primeiro avião para a Europa. Benjamim foi de cargueiro no seu encalço, acompanhou-a a bistrôs, museus, teatros, jogou no cassino o capital que lhe restava e teve de voltar mais cedo. Pois agora não terá mais viajado; terá fechado as janelas e acendido incensos, e terá trazido para o seu apartamento as amigas de Castana Beatriz, todas elas: a Alda, a Matilde, a Tetê, a Xiomara, a Ana Colomba, a Regina di Cuori, a Tetê de novo, e com isso Castana Beatriz terá voltado correndo da Europa, terá aceitado dormir na cama de Benjamim de janela aberta, e também se terá afeiçoado à Pedra. Na época foi diferente: Castana Beatriz voltou da Índia depois de meses e, com medo do pai, passou a se encontrar com Benjamim em hotéis mais abafados do que o apartamento dele, a intervalos cada vez mais longos. Comparecia por insistência de Benjamim, pois tinha o ar cansado, bocejava, demorava a tirar a roupa e, sem que ninguém lhe perguntasse coisa alguma, sempre inventava uma maneira de falar do tal Professor. Metera-se num grupo de estudos com uns amigos novos, que se reuniam na casa do Professor para discutir a América Latina, e Benjamim não estava gostando nada daquela história. Castana Beatriz sempre foi péssima aluna, mal completou o ginásio, colava, fumava no banheiro, foi expulsa do colégio de freiras, só foi readmitida porque o pai era um benemérito, e a essa altura da vida queria fazer crer a Benjamim que se convertera ao universo acadêmico. Benjamim não fez o espetáculo de ciúmes que agora talvez fizesse. Preferiu arriscar a reviravolta drástica, que daqui para sempre renegará: levou Castana Beatriz para um restaurante bolorento e propôs-lhe que se casasse com ele. Agora é claro que ele retira a proposta. Mas não é capaz de cancelar a reação de Castana Beatriz, que soltou uma gargalhada e jogou para trás a cabeça cheia de cachos castanhos. Benjamim já conseguira esquecer aquela reação de Castana Beatriz, que durante anos havia repassado na mente, mas hoje leva um choque renovado. Precisa examiná-la outra vez, com calma, por isso fecha os olhos e repete: "Quer casar comigo?". E pode vê-la soltar uma gargalhada, jogar para trás a cabeça cheia de cachos castanhos, em seguida sondar a bolsa que é quase uma mochila e exibir-lhe de longe uma carteira de identidade (a foto assustada, a data de nascimento, a caligrafia redonda). Não é mais Castana Beatriz, é Ariela, como Benjamim a viu pela primeira vez, mas hoje cara a cara, a sua íntima boca escancarada, uma mulher estupenda, lembrando vagamente a mãe, mas um pouco vulgar, e portanto uma mulher por quem qualquer um gostaria de padecer.

    Benjamim umedece os cabelos, barbeia-se e desencava um terno de corte antiquado que voltou à moda. Recebeu na véspera um telefonema inesperado da secretária de G. Gâmbolo, que lhe dizia para se apresentar à agência hoje ao meio-dia em ponto, sem falta. Benjamim quis saber o que desejavam dele e pediu para falar com G. Gâmbolo, mas ele estava no estrangeiro. A secretária só sabia informar que o assistente de G. Gâmbolo o aguardaria para a gravação de um spot publicitário. Com vergonha de falar em dinheiro, Benjamim perguntou qual era o produto, mas a secretária, que já vinha rouca, teve um acesso de tosse e bateu o fone. Tornou a ligar ato contínuo para lembrar a Benjamim que fosse de terno e gravata. Benjamim sentiu-se diminuído e passou a noite jurando para a Pedra que não iria. Agora, enquanto espera o elevador, ele enfia dois dedos sob o colarinho, ergue o queixo e meneia a cabeça, porque o nó da gravata está justo demais.

    Ariela já conhece a fama daquele edifício, em cujos fundos há dezenas de apartamentos desocupados. Seus proprietários vivem aflitos para vendê-los, alugá-los, trocá-los por um carro usado, mas ninguém aceita morar pegado a uma montanha cheia de cavernas. Ariela acredita que o doutor Cantagalo ande insatisfeito com seus serviços, e expedi-la para o largo do Elefante corresponderia a uma grave advertência. Encomendou-lhe a teoria de que tais imóveis eram verdadeiras pechinchas, pois a montanha seria implodida na próxima administração, para dar lugar a um hipermercado com estacionamento subterrâneo e um parque ecológico. Ao subir com o cliente para o décimo oitavo andar, Ariela recitara sem muita ênfase o texto que, afinal, revelou-se inócuo: haviam emparedado as três janelas do apartamento. Ela acendeu as lâmpadas fluorescentes, acionou os exaustores, os aparelhos de ar-condicionado, e ainda ensaiou cantarolar alguma coisa, mas o cliente escafedeu-se, nem se deu ao trabalho de entrar. Agora Ariela desce sozinha num elevador cheirando a inseticida, rangedor, moroso: décimo terceiro, décimo segundo, décimo primeiro, décimo andar, pausa, e a porta abre-se ao meio, que nem cortina de teatro.

Seria quase sobrenatural a aparição de Ariela, a dois palmos do rosto de Benjamim, como se o pensamento dele se tivesse plasmado dentro do elevador. "Você não morre tão cedo", dizemos à pessoa que, no instante mesmo em que a lembrávamos, de modo flutuante, surge-nos tão pessoalmente que parece ressuscitar. Mas Benjamim não se espanta ao vê-la ali, porque estava aprendendo a pensar nela como em alguém com quem sempre se tem um encontro marcado. Ou talvez não se surpreenda mais com Ariela porque, toda vez que vai pensar nela, é tarde: ela já se encontra instalada no seu pensamento. Ariela, ao contrário, que descia por aquele poço distraída, empalidece e ampara-se no fundo do cubículo. Benjamim percebe que ela fugiria, se pudesse, como fugiu no dia em que ouviu o nome de Benjamim Zambraia. A porta fecha-se atrás de Benjamim, que observa as pestanas densas de Ariela, mais escuras que os cabelos, e sente culpa por ela ter baixado os olhos. Pensa que ela conhece a história de sua mãe com Benjamim Zambraia. Pensa que ela sabe tudo dele, e presume que ela pense dele coisas que ele nunca saberá. Pensa que ela cresceu ouvindo coisas a seu respeito (as amigas de Castana Beatriz, os estudantes, o pai de Castana Beatriz), e duzentos andares de um elevador trepidante não seriam suficientes para que ele se explicasse. Mas eis que Ariela abre um sorriso e fala "meu nome é Ariela Masé", e fala "eu queria um autógrafo", extraindo da bolsa uma folha de papel. Absorto nos volteios da sua boca, Benjamim não compreende de imediato o que ela diz. Tampouco compreende a folha branca que ela lhe entrega, porque agora fita a sua mão, que parece pertencer a outra pessoa, mais velha. Tem a rápida impressão de que aquela poderia ser a mão de Castana Beatriz, se Castana Beatriz vivesse hoje. Benjamim queria olhar com vagar as mãos de Ariela, mas ela as esconde na bolsa, que apóia na coxa e vasculha, falando "a caneta, a caneta". O elevador chega ao térreo e ela sorri de novo, fala "fica para a próxima" e sai às pressas do edifício. Benjamim tem uma caneta, mas acha que um artista famoso não correria de caneta na mão atrás de sua admiradora. Assiste ao seu vôo para dentro de um ônibus em movimento, de saia curta e sandálias, pernalta. Faz sinal para um táxi cujo motorista, antes de deixá-lo entrar, quer saber em que direção ele vai. Pela fisionomia do taxista, tresnoitado ou faminto, Benjamim adivinha que ele se recusará a seguir um ônibus.

Sentada no último banco, Ariela vê Benjamim Zambraia na calçada do seu edifício de cimento escurecido. Entende que gente de mais idade não se adapte a uma casa de vidro, ou a um apartamento cor de gelo, ou a um flat metálico com painéis vermelhos. Entre paredes toscas, cortinas de brocado, móveis marchetados, livros de couro curtido, de certa forma um velho se camufla. Se bem que Benjamim Zambraia seja um senhor bastante conservado. Melhor: um rapaz recém-envelhecido, e talvez ele nem more ali. Ariela imagina que Benjamim Zambraia more numa casa de campo, ou num chalé a uma hora e meia de estrada, e na folga semanal traga flores silvestres e ervas aromáticas para a grande dama do teatro cujo nome escapa a Ariela, que é tão ignorante quanto o Zorza. E o apartamento da grande dama será um duplex, de frente para as palmeiras do parque e com vista longínqua do oceano.

Ocupará o nono e o décimo andar, com um salão, colunas brancas e uma escadaria onde os dois ensaiarão os clássicos, e às vezes se beijarão de lábios fechados. Às vezes Benjamim Zambraia pernoitará ali, e na manhã seguinte tomará um chá de boldo com a grande dama, depois subirá para as montanhas em carro alugado com chofer, e monologará diante do espelho do chalé até cair o crepúsculo. Voltará à cidade com o chofer da noite, concentrando-se para a tragédia grega, e Ariela entra no escritório pensando se daria tempo de tomar uma condução para o subúrbio, depois do teatro. É retida pela recepcionista, que lhe entrega uma pequena carteira com o escudo de um clube de futebol. É o porta-chaves do doutor Cantagalo, de um plástico pegajoso que Ariela já teve outras vezes na mão. Isola-se em seu módulo e debruça-se na escrivaninha, sem vontade de olhar para as janelas divisórias. Ariela só conhece pelo interfone a voz das colegas de trabalho, que só conhecem Ariela da cintura para cima.

"Mãe querida. Acabo de me matricular num curso..." Ariela amassa o papel, lança a pelota em direção à cesta, mas sente a pontaria descalibrada. "Caro Jeovan. Te escrevo este bilhete porque existem coisas que não podem ser ditas olhando no olho. Algumas palavras não se dão bem com a claridade, e se, depois de tudo o que eu te disse, eu ainda dissesse que nunca deixei de te amar, você com razão viraria a cara. Mas juro pela minha mãe que é essa a verdade. Mesmo assim eu errei, fui fraca e mereço a tua punição." A recepcionista comunica a Ariela que o cliente que nunca quer deixar o nome, e que disfarça a voz tapando o nariz, ligou da portaria e está à sua espera dentro do carro. "Eu só queria que você não guardasse rancor pelo que aconteceu. Vamos olhar para o futuro, Jeovan, porque nós precisamos muito um do outro. Para sempre tua. Ariela." Ariela pinta os lábios com um batom grená, dispensando espelho. Imprime um beijo sobre a assinatura, dobra o papel, insere-o num envelope com o timbre da imobiliária, lambe a franja do envelope, fecha-o e coloca-o dentro da bolsa. Ao passar pela recepcionista, repara que ela registra o horário de sua saída, para transmitir ao patrão.

Zorza vê Ariela que atravessa a rua num saiote leviano, sob o sol de meio-dia, e pensa que seus encontros já valeriam pelo momento em que ela suspende a coxa para entrar no seu carro. Incrédulo, saboreia a passagem de Ariela para dentro do seu território, numa rara demonstração de que deseja pertencer-lhe. Ariela é orgulhosa e executa de maneira despachada o movimento que, aos olhos de Zorza, transcorre minuciosamente: seu pé esquerdo pisa o tapete de borracha, e o corpo ensolarado vem atrás, pouco a pouco, caindo na sombra por fatias. Se algum dia Ariela lhe concedesse três pedidos, Zorza não teria dúvida: pediria que ela entrasse três vezes no seu carro. Em segredo, também admite convidá-la para dormir uma noite no seu apartamento, quando a esposa sair de férias com as crianças. Mais: se tivesse coragem, e a garantia de que não seria corno, ele se casaria com Ariela e a engravidaria. Por enquanto a espia de viés, cabisbaixa, e atreve-se somente a lhe pedir o endereço selecionado para esta tarde. Ariela remexe a bolsa de lona e parece triste, pois seu rosto alonga-se além do habitual. Em lugar das chaves com esparadrapos, hoje ela colhe um porta-chaves de plástico, em que lê: "Rua Corcunda, 39". "Rua Corcunda... rua Corcunda...", Zorza repete em voz alta, que é como se chama pela memória.

A rua Corcunda fica para os lados do cais do porto, uma área decadente, e Zorza estranha a escolha de Ariela. Ela sempre teve predileção por apartamentos frescos, próximos à praia, e dos prédios acanhados daqueles becos mal se avistarão os guindastes do porto. Não há carros nem pedestres na rua Corcunda, e Zorza estaciona com duas rodas sobre a calçada em frente ao número 39. Como ele previa, trata-se de um edifício sem porteiro nem elevador. Sobem três lances de escada, e Ariela passa-lhe a chave do apartamento 302. Zorza abre a porta para ela entrar primeiro e depara-se com uma peça única e ampla, com móveis de sala mesclados aos de um dormitório, pé-direito alto e clarabóias, que deve ter sido habitada por algum pintor. Zorza olha Ariela, que desvia os olhos para um quadrado de céu azul no teto. Ariela usa uma sandália com sola de plataforma, o que incomoda Zorza por acentuar o desnível entre os dois. Ele senta-se na cama no fundo do ateliê, despe o paletó e desabotoa a camisa. Recosta-se nos almofadões, acende um cigarro e observa Ariela que vai e volta de uma parede a outra, como se quisesse confirmar a metragem do imóvel. Ela senta-se finalmente na outra beira da cama, de costas para Zorza, e liga o aparelho de televisão que o pintor devia gostar de assistir deitado, tomando vinho. O corpo de Ariela encobre o vídeo, mas Zorza escuta uma voz de mulher quase em falsete: "Pára, você é louco!", e um homem que responde como quem mal abre a boca: "Foi você quem pediu". Seguem-se ruídos de motor, freadas, guinchos de pneus, e quando Zorza pensa que Ariela vai desligar, ela aumenta o volume. Zorza folga a cintura e sente que o filme está chegando ao fim, por causa da música nervosa. Manuseia as cuecas enormes, de estampado tropical, com que Ariela o presenteou na semana passada porque achou cômicas. Estão suadas. A mulher fala "se você quer se matar, não me carregue junto" e o homem responde "então pula". A mulher fala "o filho era teu, idiota" e começa a soluçar, mas Zorza vê o dorso de Ariela sacudir-se de alto a baixo e desconfia que os soluços sejam dela. Ambas gritam quando o carro explode contra um poste, ou um muro, ou uma bomba de gasolina, e após um breve silêncio ouvem-se as sirenes que se aproximam, subindo em intensidade e baixando de tom. Parece haver um corte no tempo, pois agora entra uma música muito delicada, como um piano em casa de saúde. Aliviado, Zorza tira os sapatos, mas Ariela vira-se de repente, como se fosse a atriz acidentada que saltasse da tela, o rosto intumescido e encharcado de lágrimas. E fala "terminou, Zorza, terminou tudo!". Levanta-se, dispara pelo ateliê e parte deixando a televisão ligada e a porta aberta.

Ariela vê dois carros colados nos pára-choques do carro japonês de Zorza, mais um táxi preto de viés na entrada da rua. Não distingue seus ocupantes porque caminha com firmeza no rumo do porto. Toma a avenida que margeia o cais e evita olhar o mar parado, sua gelatina cor de ameixa. Não há uma brisa marinha, o sol ainda é morno, mas Ariela sente-se desprotegida em sua blusa sem mangas. Cruza as mãos sobre os ombros, sem querer crava as unhas nos ombros, quase arranca sangue dos ombros e percorre ruas de nomes ilegíveis, placas embaçadas. Se recordasse a expressão costumeira de Zorza, mirando-a com pasmo e gratidão, seus olhos secariam imediatamente. Mas só consegue imaginá-lo andando à sua frente com seus passos de urso, os cabelos crespos já ralos no alto da cabeçorra, as costas do paletó amarfanhadas, os fundilhos intrometendo-se nas nádegas, e tem vontade de chamá-lo de volta e beijar a sua testa mais uma vez.

É pelos clarões do céu que Ariela se dá conta de que já é noite: o itinerário fortuito depositou-a no centro da cidade. Numa bifurcação, opta pela rua mais iluminada, sem saber que vai enfrentar, de pernas nuas, uma seqüência de casas de shows eróticos. Bêbados, turistas, pais de família, corretores de automóveis, porteiros de inferninho fazem-lhe propostas; a roupa escolhida para um dia de sol tornou-se noturnamente adequada, como se ela vestisse aquela mesma saia às avessas. Na calçada oposta, Ariela admira a fachada da igreja barroca, quase celestial com os reflexos do neon azul e lilás em pisca-pisca. A rua desemboca numa praça grande e barulhenta que ela conhece bem, porque abriga o terminal de ônibus para os subúrbios. Na outra ponta da praça há um letreiro oval, com luzes alternadas em aparentes carambolas, que à distância faz lembrar um teatro. Mas Ariela sabe que se trata da Farmácia K. K., aberta vinte e quatro horas, e pensa em comprar um vidro de aspirinas. O farmacêutico-chefe é um tipo simpático chamado Jarbas Franciscote, que já a atendeu várias vezes, e é capaz de lhe vender também um sonífero sem receita. Mas o caminho de Ariela está entulhado pelo povo que se reúne ao redor de um palanque, onde se exibem uma banda de música e dançarinas louras de botinas brancas e minissaias mais curtas que a sua. O obstáculo é contornável, mas Ariela receia não poder voltar a tempo de pegar o último ônibus. Compra um merengue na padaria, vai fuçar a banca de jornal, decide-se por um exemplar de *Palco e Tela* e embarca no 884 que está de partida.

 Atrás das caixas de som, a maquiadora aplica uma esponja com pó-de-arroz no rosto de Alyandro, para atenuar seu brilho. O relógio digital da praça indica 22:18, e ele comprometeu-se a iniciar sua fala pontualmente às vinte e duas horas e vinte e dois minutos. Está ansioso, sente uma fervura no estômago, e aquela praça remete-o ao tempo em que ele roubava pão doce. Com residência em frente ao Iate Clube e negócios na periferia, Alyandro nunca mais freqüentou o centro da cidade. Observa a praça do alto do palanque, verifica que ela mudou muito pouco em trinta anos, em seguida fecha os olhos, a pedido da maquiadora, e procura concentrar-se no discurso que traz de cor. Será um discurso breve, para não aborrecer o público que está na expectativa da grande atração da noite, o cantor Robledo. Alyandro olha o relógio, 22:19, e sem querer lembra-se de que há trinta anos também roubava melancias, se estivesse com fome verdadeira, mas roubar melancias não tinha tanto sabor, era fácil. Pão doce ele roubava mesmo de barriga cheia. Alyandro pensa no que se passaria na cabeça de sua mãe, se ela estivesse esta noite na praça. Recorda que sua mãe costumava deixá-lo alimentado quando saía à noitinha para o hospital. E quando ele acordava, encontrava sempre uma bisnaga de pão francês ainda fresco, que a mãe colocava sobre a tampa do fogão antes de se deitar. Exceto quando ela acumulava o serviço de enfermagem e ficava lavando velhos no período diurno, para emendar com o plantão da noite seguinte. Naqueles dias, sim, Ali sentia fome. Quem o apelidou de Ali foi um primo, seu vizinho nas palafitas, o mesmo que o ensinou a roubar pão doce. Esse primo já era crescido, estava mudando de voz, tinha até um buço e andava vestido como gente grande, de calça comprida, sapato e tudo. Tinha moral para entrar na padaria e pedir dois litros de leite tipo B. Enquanto o otário se virava para abrir o frigorífico, o primo suspendia Ali pela cintura, debruçando-o sobre o balcão. Com suas mãos miúdas, mas unhas longas como ferrões que o primo afiava, Ali nunca arrebatou menos de seis pães doces num único bote. Na padaria da Vila Carbonal, estabeleceu o recorde: onze pães doces, um time de futebol, e se o primo não saísse correndo, levava o juiz, os bandeirinhas e o banco de reservas. O problema era que Ali e seu primo tornavam-se elementos visados naquelas padarias, sendo obrigados a procurar novas vítimas cada vez mais distantes. E Ali lembra-se de uma vez ter perambulado com o primo durante horas e horas, para chegar de noite ao centro da cidade. Talvez ainda exista nesta mesma praça a padaria que, para o menino Ali, era a maior do mundo. A maior coleção de pães doces do mundo estava na prateleira à altura de seus olhos, atrás do vidro: do trivial, redondo com calda de açúcar, a roscas com açúcar cristalizado, pãezinhos lamegos com creme amarelo, sonhos, tranças de frutas, de coco, e um bolo que mais tarde ele soube que se chamava panetone. Então ele sentiu um buraco na barriga como nunca sentira antes. A fome invadia Ali pela boca, pelos olhos, pelas narinas e até pelos ouvidos, quando o padeiro embrulhou em papel celofane um pão crocante com amêndoas. Ele ficou um bom tempo parado diante do balcão, com os braços em feitio de asas e a cintura à espera das garras do primo. Até que viu o primo do lado de fora, sorrindo, chamando-o com o dedo indicador, vibrando o indicador como se fizesse cócegas na noite. A contragosto, Ali saiu da padaria e foi conduzido pelo primo até uma rua escura, transversal. "Olha as putas", disse o primo numa gargalhada. Ali gargalhou também, para imitar o primo, olhando aquelas mulheres que fumavam, cada qual dona de um poste. Gargalhou até ver sua mãe, apoiada no terceiro poste da calçada esquerda, de piteira. Ainda tentou recusá-la, porque aquele vestido de lantejoulas não era dela, nem ele nunca vira sua mãe fumando, mas o primo olhava para ele e para a mãe ao mesmo tempo, e ria de um modo tão forçado, que a Ali só restou cerrar os punhos e partir para cima dele e chutá-lo e xingá-lo de veado. O primo não sentiu a violência das porradas, muito menos do insulto; entortou uma perna sobre a outra, espetou o queixo com o indicador, depois armou um biquinho que condensou o seu buço, fazendo com que ele parecesse uma mocinha de bigodes negros. O primo gostou do insulto porque era veado mesmo, conforme Ali ficou sabendo tempos depois. Ali tinha então cinco anos e não sabia muito bem o que significava ser veado. Tampouco sabia o que fazia de errado uma puta, fora fumar no poste. Mas já tinha a certeza de que, no mundo inteiro, pior que veado, maconheiro, dedo-duro e tudo o mais, a pior situação na vida é ser um filho-da-puta.

  Alyandro confere as horas e veste o blazer azul, imposição de sua assessoria, que também o sujeitou a ocultar o correntão de ouro sob a camisa social fechada até o penúltimo botão. O azul realçaria seus olhos e o indumento clássico compensaria os traços de um rosto ligeiramente — diziam eles — rude. Um estilista chegou a sugerir que lhe descolorissem os cabelos, mas o diretor de arte fez uma montagem no computador e não aprovou; deixou escapar que, com uma cabeleira incolor, Alyandro passaria por albino. Estreante na política, Alyandro confiara sua imagem a especialistas e não discutia deliberações de natureza estética. Mas quando o assunto era do seu domínio, falava grosso. Assim, exigiu a reimpressão de dez mil cartazes em cores, em papel brilhante, apresentando a nova grafia de seu nome, resultado de consultas a uma numeróloga. E no instante em que o relógio da praça marca

22:22, Alyandro em pessoa ordena ao tecladista que interrompa a música no meio de um compasso. Desconcertadas, as dançarinas permanecem um tempo inertes, com uma perna para o alto, enquanto o locutor anuncia: "Alyandro Sgaratti, o companheiro xifópago do cidadão!".

4

"Meu nome é Diógenes Halofonte, sou professor e cientista social. Conheço Alyandro Sgaratti e posso afiançar: ele é o companheiro xifópago do cidadão." No banheiro, diante do espelho e do relógio, Benjamim articula sem tropeços o texto que tanto desconforto lhe causou na semana passada. A mensagem devia durar dez segundos exatos, e o assistente de G. Gâmbolo forçou-o a gravá-la e regravá-la sob protestos da equipe, que estava de jejum. Quando o áudio resultava satisfatório, ele encontrava algum defeito na imagem: Benjamim suava na testa, ou contorcera a boca, ou olhara para o monitor. Nas últimas tentativas, mal Benjamim pronunciava o nome do professor, o assistente gritava "corta!". Aquilo o intimidava, quanto mais porque, antes dele, apresentaram-se um figurante de televisão, vestido de enfermeiro, e a copeira do estúdio, fantasiada de si própria. Eram pessoas que nunca haviam falado "xifópago", mas gravaram mensagens semelhantes na primeira tomada. No final da tarde o assistente dispensou os técnicos e transferiu-se com Benjamim para um gabinete sem ventilação. Encostou-o contra a parede, pediu-lhe que erguesse os braços e sorrisse — o que tampouco foi fácil — e sacou uma dúzia de fotos. Finalmente recomendou-lhe que ensaiasse o texto em casa e aguardasse um telefonema, em dois ou três dias, para a nova sessão: Benjamim aguardou. Teve vontade de ir ao cinema, mas não foi. Às vezes colocava o volume do aparelho no ponto máximo, chamava o elevador para espiar quem vinha dentro, e voltava correndo. Mas em sete dias o telefone tocou somente uma vez: uma voz de anciã falou "Jesus te ama", seguida de um bip.

Esta manhã Benjamim retirou o fone do gancho por cinco minutos, tempo de descer à portaria e olhar a caixa do correio. Além da conta de luz e de um anúncio de cartomante, encontrou um envelope da G. Gâmbolo Publicidade e Marketing. Dentro, um recibo a ser assinado e devolvido, uma carta-padrão de agradecimento e o cheque ultrajante que Benjamim ameaçou picar. Não era ultrajante a quantia, mas o que o gesto continha de esmola. Benjamim subiu de volta pensando em esfregar o cheque na cara do ex-amigo G. Gâmbolo na primeira ocasião. Foi ao banheiro, incorporou-se no assistente de G. Gâmbolo e viu Benjamim Zambraia recitar a mensagem em dez segundos, sem fazer careta; cheio de vexame e arrependimento, o assistente ainda teve de engolir o Benjamim Zambraia do espelho chamando-o de imbecil e fascista. Agora Benjamim recolhe o cabide com o terno escuro da gravação, que deixara pendurado na maçaneta da janela, e vai guardá-lo no quarto da criança. Já não acha graça quando pensa no nome daquele quarto, batizado no tempo em que ele tinha projetos de se casar. O quarto virou uma floresta de cabideiros com roupas aposentadas (o mantô da Europa, o cachecol de Castana Beatriz), lembrando um brechó, ou loja de trajes de aluguel, ou camarim de vaudeville. Benjamim pendura o terno malfadado no último cabide, virado para a parede, como se colocasse um filho de castigo. Antes de deixar o quarto, cuida de revistar os bolsos do paletó atrás de algum lenço, dinheiro miúdo, caneta, isqueiro descartável. Encontra uma folha de papel em branco que, examinada com atenção, traz impresso no rodapé: Imobiliária Cantagalo Ltda., Rua dos Carismáticos, 122, sala 201, tel. e fax 771-1717.

Quando a recepcionista passou a chamada, dizendo que o cliente não queria deixar o nome, Ariela sentiu um calafrio. Lembrou-se de Zorza, teve uma queda de pressão, e só se refez quando a outra lhe assegurou que o interlocutor não estava falando com o nariz tapado, nem com um pano no bocal, e se identificava como "um amigo recente". Então Ariela pensou no farmacêutico Jarbas Franciscote, um tipo reservado, mas não é dele o "bom-dia" que vibra na sua orelha, desagradável. "Você me desculpe, mas não costumo dar meu nome a telefonistas", e é um timbre metálico, se não ácido, como o de vozes ao sol quando cochilamos na penumbra. "Sou eu, Benjamim Zambraia... Alô? Nós nos vimos no edifício do meu agente..." "Claro, claro", mas Ariela imaginou um trote porque, depois de uma semana, tinha pouca esperança de que Benjamim Zambraia ainda guardasse um papel avulso, que dirá lembrar-se do seu nome e lhe telefonar. O telefonema faz-se plausível, porque profissional. Benjamim Zambraia está à procura de um apartamento: "Sou solteiro, sem filhos, moro numa casa que me dá muito trabalho, com um quintal cheio de coelhos", e Ariela habitua-se à voz que a princípio não reconheceu, porque ouvira somente num sonho turbulento, sendo provável que nos sonhos as vozes venham dubladas.

Desprecavido para enfrentar um espírito prático — "Sim senhor, nós temos um apartamento apropriado para celibatários, com serviços de faxina e lavanderia, anexo a um hotel tradicional" —, Benjamim receia estar se metendo numa enrascada. Ganha algum tempo rechaçando a idéia do hotel, com o argumento de que é uma pessoa conhecida, com vida social intensa, ciosa da sua privacidade. "Claro, claro. Aliás, eu gostaria tanto de assistir à sua peça..."

"É uma lástima" — e nessa frase Ariela distingue a entonação de um ator dramático. Benjamim Zambraia encerrou sua temporada teatral no último domingo, e as férias lhe serão propícias para buscar uma nova moradia, sem pressa. Julga que uma entrevista informal facilitaria o serviço de sua corretora, e convida-a para um almoço no Le Magnifique.

Há quinze anos, quando admitiu que findavam seus tempos de glória, Benjamim aplicou em ouro o capital acumulado até então como modelo fotográfico. Estipulou que morreria aos oitenta e repartiu o lingote de vida restante em lâminas mensais, correspondentes ao que consumiria com luz e gás, condomínio, alimentação, um chope, um cinema, suas necessidades. As oscilações do mercado e tarefas esporádicas lhe proporcionariam, ou não, um mês mais folgado, a dedetização do apartamento, um tratamento dentário. Raras vezes proporcionaram, e a conjuntura econômico-financeira foi levando Benjamim a reduzir paulatinamente a sua expectativa de vida, hoje estimada em setenta e quatro anos e quebrados. Mas ainda que a cotação do ouro extrapolasse na bolsa de Tóquio, Benjamim jamais passaria pela porta do Le Magnifique. No entusiasmo escapara-lhe aquele nome que soa a escárnio quando repetido para um chofer de radiotáxi. Cético, o chofer exige de Benjamim a confirmação do endereço, obtido na lista telefônica, e será parcelada a distância entre o edifício fuliginoso do largo do Elefante e um restaurante com porteiro de luvas brancas. A primeira escala dá-se num banco no centro da cidade, onde Benjamim desconta o cheque de G. Gâmbolo. De lá o radiotáxi segue para a imobiliária, e Benjamim apalpa o maço de dinheiro vivo que lhe parece suficiente para cobrir as despesas, mesmo que a Ariela apeteçam crustáceos e vinhos finos. Benjamim pensa que Ariela talvez conheça o menu do Restaurant Le Magnifique. Pode ser que o finado avô a levasse para almoçar aos domingos no Le Magnifique, quando ela ainda usava fraldas. Pode ser que o coração do avô tenha amolecido com a senilidade, e que todo domingo a garota brincasse entre as pernas das mesas do restaurante.

O doutor Campoceleste deserdou Castana Beatriz tão logo soube da sua gravidez. Aqueles, aliás, foram tempos difíceis para todos, e não havia razão para Benjamim ser poupado. No meio do trânsito, como amiúde no melhor de um filme ou devaneio, ele é arrastado pela recordação da manhã em que acordou com um estranho dentro do quarto. Era um brutamontes de colete, e trazia na mão um objeto reluzente que Benjamim custou a definir como um porta-retratos. O estranho apontou para a foto tamanho passaporte, torta e diminuta naquela moldura, de um sujeito com o rosto esburacado. Batucou no vidro do porta-retratos e perguntou "conhece?". Benjamim conhecia de vista o amante de Castana Beatriz e sabia que, se mentisse, poderia tomar pancadas na cabeça até cair em contradição. Correndo o risco de passar por um cúmplice, falou "é o Professor Douglas Saavedra Ribajó". A caminho da delegacia chorou discretamente, sentado ao lado do estranho no banco traseiro de um carro particular, conduzido por um motorista de quepe; sensível, o estranho deu-lhe dois tapas no joelho e falou "pobre homem". Benjamim gemeu, pensando nos amigos que se reuniam todo fim de tarde no Bar-Restaurante Vasconcelos, para beber cerveja e contar histórias escabrosas. Pensou que nos próximos dias os amigos sentiriam a falta de Benjamim Zambraia, o único que nunca teve histórias para contar. E quando o carro entrou na garagem do edifício de Castana Beatriz, uma sensação de logro, mais que de alívio, ocupou dentro de Benjamim a vaga do pânico. No hall do apartamento familiar, ele viu retornar à envergadura de copeiro o estranho que, deslocado de seu hábitat, o assustara como assusta um olho fora do lugar. E onde deveria estar um inspetor, ou inquisidor, ou general-de-exército, aguardava-o o doutor Campoceleste de roupão listrado, afundado na poltrona, mal equilibrando uma xícara de chá com as duas mãos. Estava envelhecido, tinha os olhos injetados, e disse que passara três meses sem notícia da filha. Desistira de vigiá-la, pois era homem de muitos afazeres e um resquício de amor-próprio, e Benjamim achou que ele já misturava a filha com madame Campoceleste, que o abandonara havia décadas. Mas eis que, no meio da noite passada,

Castana Beatriz o despertara com um telefonema. Estava bêbada, quiçá drogada, porque ria sem motivo e disse ao doutor Campoceleste que ele seria avô. O doutor Campoceleste ficara logicamente chocado com a perspectiva de ter como neto um filho de Benjamim Zambraia. Mas ao ouvir aquele nome, segundo ele, Castana Beatriz soltara uma gargalhada. Estava grávida de outro aproveitador, e vasculhando o antigo quarto da filha o doutor Campoceleste encontrara a foto do homem que havia substituído Benjamim Zambraia no porta-retratos. Era evidente, para o doutor Campoceleste, que aquele vagabundo planejara esposar sua filha tendo em vista uma suposta herança. O velho precisava localizar a filha a tempo de enviá-la a uma clínica na Califórnia, e a colaboração de Benjamim seria preciosa. Mas Benjamim não conhecia o paradeiro de Castana Beatriz, e viu-se constrangido a sair em defesa do seu comborço: o Professor era bem casado, tinha quatro filhos, dava assistência a Castana Beatriz mas não pretendia abandonar a família. Foi o bastante para o doutor Campoceleste desferir um murro na borda da bandeja, fazendo pinotear e espatifar-se o aparelho de chá: para ele, a partir daquele momento, a filha estava morta. Para Benjamim, pelo contrário, renascia a esperança de reaver Castana Beatriz. Quando ela enjoasse de morar em esconderijos e rompesse com aquele professor de vida dupla e rosto varioloso, marcharia ao relento com um bebê no colo. Ao dar com o nariz na porta do pai, não teria alternativa senão o apartamento de Benjamim, que permanecia aberto dia e noite. E Benjamim acolheria o(a) filho(a) dela como se fosse seu, no quarto da criança. De pé junto ao interfone, na portaria do edifício da Imobiliária Cantagalo, Benjamim compreende que espera por Ariela há vinte e cinco anos, desde a manhã em que o doutor Campoceleste detonou um serviço de porcelana chinesa.

Dez minutos atrasada, Ariela desce os dois lances de escada aos saltos, de três em três degraus: acredita que seja lisonjeiro, para um homem de meia-idade, receber uma mulher com as faces afogueadas. Na portaria, encontra Benjamim Zambraia pelas costas, num terno de linho cru, ajeitando o colarinho defronte da porta do elevador. Diverte-se ao vê-lo de repente empertigado, averiguando os passageiros que saem, e logo atropelado pelos que querem entrar. Ao sentir-se pilhado por Ariela, Benjamim Zambraia sorri sem graça, e em seu rosto fatigado o embaraço produz um lampejo juvenil. Recomposto, cumprimenta Ariela com cerimônia e volta a aparentar a idade que teria hoje o pai dela. Muito cedo Ariela perdeu o pai, e só podia lembrar-se de sua fisionomia através de uma foto, que perdeu também. Perdeu de propósito, pois afligia-a a idéia de um pai perpetuado aos trinta anos, e preferiu deixá-lo envelhecer naturalmente na sua lembrança.

Benjamim retoma o radiotáxi com Ariela e sente-se provinciano em seu traje completo. Ela, de short e camiseta, deixa claro que nunca se acanhou com restaurantes de luxo; a um maître exótico, terá autoridade para ordenar um filé com fritas. No centro do banco, como baliza a separá-los, Ariela finca a bolsa de lona cilíndrica, de cuja boca sobressai um prospecto afunilado. Talvez temesse que Benjamim alisasse a penugem de suas pernas, que ela cruza sobre o banco como um iogue, tendo largado as sandálias no chão do carro. E Benjamim deveras contempla aquela trança de pernas, aquelas polpas que às vezes lhe parecem uma ninhada na bacia de Ariela. Ela traz as mãos espalmadas sobre os joelhos e, contra o prognóstico de Benjamim, não usa batom. Exibe cada ângulo do seu rosto lavado, girando-o em todas as direções, à maneira de turista chegando do aeroporto. De quando em quando repousa os olhos em Benjamim, como numa árvore, depois sorri sem abrir a boca e volta a apreciar o comércio. Às margens de um horto Benjamim fala "exuberante vegetação", e a declaração fica boiando no interior do radiotáxi silencioso até a porta do restaurante. Benjamim dá um salto ágil e contorna o carro para apear Ariela, porque o porteiro de luvas está atendendo uma limusine.

Faz muito frio no restaurante, e um maître de jaquetão bordô aproxima-se olhando as pernas de Ariela. Pergunta se o casal reservou sua mesa, embora o salão esteja quase vazio. Benjamim confirma o telefonema de uma hora antes, mas o sujeito franze a testa e desaparece atrás de um biombo. Volta depois de um tempo, e Benjamim imagina que ele tenha trocado de roupa numa coxia. Mas é outro maître, um superior, vestindo uma espécie de fardão com filigranas douradas no peito, que insiste em saber o nome completo de Benjamim. Melindrado, Benjamim apresta-se a escancarar seu porta-documentos, quando ouve um vozeirão: "Benjamim Zambraia, filho de uma égua!". Sentado num banco alto, junto ao balcão do bar americano à direita do salão, um senhor de rosto inflamado agita o copo cheio de gelo, balança os pés e grita: "Vem cá tomar um drinque, pilantra, está aí parado por quê? Jesus! Jesus, você não conhece o grande Benjamim Zambraia? Providencia um uísque para o meu velho amigo! Chega aqui, querido, você sumiu! Jesus, manda preparar um kir royal para a senhorita... a senhorita...". A iluminação do local é deficiente, e Benjamim só reconheceu G. Gâmbolo a um metro de distância. Está careca, e nas almofadas do seu rosto desenha-se como que uma renda de finas veias. G. Gâmbolo desce do banco com sacrifício e põe-se na ponta dos pés para trocar dois beijos com Ariela. "Ariela? Ah, Ariela, adoro nomes bíblicos, minha mulher é Giselle mas eu chamo de Jezabel, você é modelo? Não é porque não quer. Ou será que o Zambraia continua ciumento? Como era mesmo o nome daquela sua namorada?" G. Gâmbolo segura o braço de Benjamim, que fazia menção de se retirar com Ariela. "Por que você não me liga, Zambraia? Minha mulher também é novinha, vamos jantar dia desses lá em casa, Jezabel vai adorar a Ariela. Você está ótimo, eu recomendei o seu nome para um comercial outro dia, recebeu o recado? Tenho um projeto sensacional para você no próximo inverno. Propaganda de conhaque, mas como era mesmo o nome daquela sua namorada? Aquela modelo bonita, como era mesmo?" Benjamim vira-se para Ariela, que não deve ter ouvido G. Gâmbolo; está dando atenção a um sujeito de blazer azul, que quase se ajoelha para beijar a sua mão. "Vocês já se conhecem? Ariela, Benjamim Zambraia, o nosso futuro congressista Alyandro Sgaratti, cadê Jesus? Jesus, o casal está esperando a mesa há horas!"

É uma mesa íntima no fundo do salão, segregada por uma pilastra, e a vela dentro de uma ampola vermelha cria um halo para Benjamim e Ariela. Pesadas cortinas forram todas as paredes do restaurante e um pianista cego toca "Twin twinkles", dando a Ariela a sensação de que foi convidada para uma ceia. O menu é um canudo de pergaminho com umas poucas sugestões do chefe, num francês manuscrito que Ariela não compreende. Lembra-se do seu primeiro encontro com Jeovan, no mesmo dia em que ela chegara do interior. Fardado, Jeovan levou-a para comer em pé num self-service árabe do centro da cidade; Ariela indicava os bolinhos de carne no tabuleiro, sem saber como nomeá-los, e Jeovan achava grande graça. Agora ela olha para Benjamim, compenetrado, seus dedos lisos manuseando o pergaminho, e considera uma indelicadeza estar ali pensando em outro homem. Porém, aos olhos de Ariela aqueles dois homens são tão contrastantes, que o pensamento em Jeovan pode ajudá-la a melhor enxergar Benjamim Zambraia.

O sommelier abriu uma garrafa de Riolot branco 1981, oferta de G. Gâmbolo, e Benjamim escolheu um salmão grelhado. Ariela pediu bife com fritas e retirou da bolsa um prospecto em papel acetinado, que achata na mesa com as duas mãos, afastando os pratinhos de antepastos. Benjamim adianta-se para ver como se revolvem os lábios dela, enquanto enumeram as especificações de um lançamento imobiliário. São textos esparsos entre ilustrações coloridas, que ela lê abanando a cabeça e saltando alguns itens, porque já o repetiu para muitos clientes, ou para que a luz da vela apenas resvale em sua boca. Ao concluir a leitura encara Benjamim que, sem saber o que manifestar, agarra a mão esquerda de Ariela e volta para cima a sua palma entalhada. Ela retrai o braço num repelão e, mesmo levando-se em conta a atmosfera avermelhada, é visível que enrubesceu. Incapaz de desfazer o gesto irrefletido, Benjamim tenta justificá-lo: "Desculpa, eu não estou procurando apartamento". Ariela levanta-se, pega a bolsa pendurada no espaldar e, ao garçom que vem chegando com um carrinho, indaga pelo toalete. O prospecto esquecido ao pé da vela, para Benjamim, é o único sintoma de que ela voltará.

"No sentido bíblico", diz G. Gâmbolo, "quero saber se você conheceu a moça no sentido bíblico." Após uma espiada em Ariela, que acabava de passar, Alyandro sorri para G. Gâmbolo com metade da boca. G. Gâmbolo faz "hum-hum", em seguida estala os dedos e fala "Castana Beatriz", desafogado por se lembrar enfim do nome da mulher que arruinou a vida de Benjamim Zambraia: "Essa você não conheceu". Apanha a maleta na cadeira ao lado, acomoda-a no colo e calcula que Alyandro ainda seria um moleque, decerto um delinqüente precoce, no tempo em que ele, G. Gâmbolo, andava pela cidade de carro aberto, cabeleira assanhada, sunga úmida e areia nas rugas dos colhões. Na sua rede de vôlei Benjamim Zambraia era herói. Esse mesmo Benjamim, por quem hoje ninguém dá nada, naquela época era o príncipe da praia, e G. Gâmbolo gabava-se de freqüentar a sua roda. Todo dia de sol, um bom público aglomerava-se na orla e assistia a G. Gâmbolo, um metro e cinqüenta e cinco, levantando a bola para Zambraia cortar. Depois do jogo Zambraia afastava-se dos parceiros, nadava até as ilhas, voltava com algas no peito e espreguiçava-se na toalha das meninas. Às vezes apontava para uma delas, perguntava "qual é o seu nome?" e, se gostasse da voz, levava a menina para a cama. Mas isso foi antes de Castana Beatriz, e G. Gâmbolo abre a maleta, percebendo que Alyandro está impaciente por conhecer seu novo logotipo. Por cima dos pratinhos com manteiga, camarões ao alho e óleo e mexilhões no vinagrete, G. Gâmbolo estende uma cartolina: num horizonte azul-celeste remontam as letras de ALYANDRO, como rochedos amarelos, com destaque para o ípsilon, em corpo maior e alaranjado; abaixo do logotipo, em letra de imprensa, o slogan "O companheiro xifópago do cidadão". Estimulado por Alyandro, G. Gâmbolo sobrepõe na mesa sucessivos layouts, e ainda saca da maleta um punhado de adesivos, e camisetas, e buttons e chaveiros em forma de ípsilon.

Como quem abre um relicário, o garçom alça o chapéu de prata que abrigava o salmão de Benjamim. É uma posta pequenina e salpicada com grãos de pimenta verde que, isolada no centro de uma travessa retangular, faz lembrar a Benjamim a foto do Professor no porta-retratos. O bife de Ariela chega sem gala, num prato feito que o garçom deixa meio adernado sobre o guardanapo dela, diante da cadeira vazia. Benjamim pousa as mãos na toalha de organza e fica olhando para o salmão, que com o passar do tempo assume um aspecto de matéria plástica. O pianista percorre o teclado com o nó dos dedos, da extrema esquerda ao derradeiro agudo, depois bate a tampa do piano como se abafasse um defunto. Já não se ouve a voz de G. Gâmbolo, e Benjamim não se incomodaria se fechassem o restaurante e o esquecessem ali dentro. Disposto a embriagar-se, inclina-se para alcançar o vinho no balde de gelo, e é quando vê Ariela que regressa por trás da pilastra. Caminha devagar, mas usa um batom de um grená tão impetuoso, que a sua boca parece vir dois passos adiante. Senta-se, recolhe o prospecto e fala "não faz mal". Parte o bife em dezesseis cubos e põe-se a mastigá-los de olhos fechados, sorrindo. O pianista começa a tocar "Blue girandole" e Benjamim serve-se do seu salmão crestante, que recende a estragão e ainda fumega.

Ariela não recusaria uma proposta de Benjamim para um digestivo na casa com quintal e coelhos. Também poderia sugerir uma visita sem compromisso à cobertura na quadra da praia, cujas chaves dedilha dentro da bolsa. Mas receia mostrar-se estouvada, e Benjamim já instrui o chofer a deixá-los de volta na imobiliária. Artista que ele é, habituado a sair com artistas, a ouvir música e ver obras de arte com artistas, a trabalhar, rir, comer, beber, dormir com artistas, a falar ao telefone de madrugada com poetisas, escultoras, damas do teatro, talvez Benjamim tenha perdido o interesse por Ariela durante o almoço. A verdade é que Ariela não estava preparada para encontrar um homem daquele outro mundo. E no assombro dela, Benjamim deve ter identificado um sinal de imaturidade, como o é a espinha que está para nascer na sua testa, ou a sua necessidade de urinar quando está muito ansiosa, ou também o doce de leite que ela pediu como sobremesa e eles não tinham. Irritada consigo, Ariela diz: "Eu poderia ser uma modelo". Era uma frase sem intenção, dita quase para dentro, mas que Benjamim parece tomar para si. Ariela olha os olhos de Benjamim, que piscam e fitam sua boca. E repete: "Eu poderia ser uma modelo", para que ele veja as palavras que talvez não tivesse ouvido bem.

Benjamim acompanha Ariela até a porta do elevador, que se fecha entre os dois antes que ele consiga despedir-se (dois beijos nas faces, beija-mão de joelhos, abraço, aperto de ...). Ariela dissuadiu-o de aguardá-la na portaria e levá-la em casa depois do expediente. Disse que tinha carona fixa com uma colega, mas o fez com os olhos muito abertos, e Benjamim não acreditou; pensou no seu acompanhante de outras ocasiões (patrão, gerente de hotel, proprietário de lojas, avalista profissional, agiota, escroque) e apreciou que ela o omitisse. De volta ao radiotáxi, Benjamim tem a impressão de que se sentirá estreito ali dentro. Paga a corrida, as horas paradas, a gorjeta, e o dinheiro do cheque de G. Gâmbolo, que ele um pouco despreza, parece por isso mesmo reproduzir-se no seu bolso. Como fortuna de jogo ou do narcotráfico, como butim ou herança eventual, aquele é um tipo de dinheiro que pede para ser esbanjado. Benjamim entra num florista, atraído por uma cascata de flores do campo, e solicita envelope e cartão. No envelope escreve: "Srta. Ariela", e no cartão: "Agradecido pela tarde inesquecível...", ou: "Desculpando-me pelo contratempo...", ou: "Se ainda lhe interessar um autógrafo...", ou: "Esperando revê-la em breve...", e afinal: "Benjamim".

Ao cabo de oito quilômetros, Benjamim não se ressente tanto da caminhada. Avista o seu edifício através das palmeiras e só tem pressa de chegar em casa por causa da roupa suada que lhe adere ao corpo. Resolve cortar caminho por dentro do parque. À beira do chafariz, onde crianças peladas tomam banho, despe o paletó e atira-o para o alto. O paletó sobrevoa o repuxo, abre-se feito um pára-quedas e despeja uma chuva de dinheiro. Mendigos acorcundados surgem por detrás das árvores, mas as crianças agadanham as notas no ar como quem caça moscas. Abordado pelos mendigos, Benjamim entra no chafariz e cruza-o com a água pelas canelas. Mas novos mendigos já o aguardam na outra margem, agitando farrapos do seu paletó, e o cortejo só faz engrossar-se até a entrada do seu edifício. Benjamim desvencilha-se da gravata, da camisa, dos sapatos com as solas meio descoladas, e sobe ao apartamento. Abre as três janelas, grita "boa noite, Pedra!" e engasga, assaltado por um sentimento físico de euforia, não muito diferente de uma angústia na garganta. Arrasta um cabideiro pesado do quarto da criança até o corredor. É uma peça de madeira em feitio de pinheiro seco, cujos galhos sustentam casacos, japonas, sobretudos, cachecóis, chapéus. Encaixa-se com o trambolho no elevador, que desce lotado de travestis. Planta o cabideiro na calçada, assobia para os mendigos, atravessa o largo, o palmar, o chafariz, e refaz o seu percurso anterior a contrapelo.

Encontra o edifício da imobiliária com as luzes apagadas e descansa abraçado às grades da portaria. Depois segue até a avenida à beira-mar, saúda sem resposta os operários encostados num tapume, e afunda na areia os pés cheios de bolhas. Molha as canelas e procura avistar as ilhas negras, invisíveis no quadro-negro de oceano e céu fundidos. Mas quem já fixou a vista ou a memória na escuridão absoluta sabe que, pouco a pouco, sempre se revelam aqui e ali contornos de um negror ainda mais profundo. E se não tivesse as pernas bambas e o peito arfante, Benjamim se arriscaria a nadar até as ilhas que ele não sabe ao certo se enxerga ou recorda.

5

Alyandro bordeja na reta até o limite do acostamento para romper a curva como um raio, mantendo o ponteiro no traço dos duzentos quilômetros por hora. Distanciou-se do furgão que o perseguia, e sente-se mais só que nunca na estrada, com um co-piloto dormindo à sua direita. Apaga os faróis, quase supérfluos em noite tão enluarada, e por pouco não larga o volante, convencido de que algum ente superior manobra seu carro, como a um protótipo em pista de autorama. Pendurado no espelho retrovisor, o rosário de ossos mantém o prumo; a água num copo cheio até a beirada viajaria tão estável quanto aquele par de tênis mostarda pousados no painel, acima do porta-luvas. Alyandro observa os debruns bordados nas barras da calça jeans, os rasgões e as nódoas ornamentais ao longo das pernas, o cinto de metal trançado, a camisa de seda azul-rei aberta no peito cabeludo, e duvida que um só político em todo o planeta circule com um secretário particular vestido assim. Os pêlos do peito que sobem aos tufos pelo seu pescoço, tosquiados a partir de uma linha arbitrária abaixo do queixo, parecem uma barba postiça descaída durante o sono. O bigode espesso não encobre a baba que vaza da sua boca para a camurça do estofamento, e num momento Alyandro tem ganas de acordar o primo com uma freada abrupta, aproveitando o sobressalto para demiti-lo.

Amanhece quando Alyandro entra na zona urbana, e o furgão dos assessores volta a alcançar a sua rabeira. A segurança opunha-se a que Alyandro dirigisse de madrugada, mas ele não via a hora de voltar para casa depois de uma semana em campanha pelos cafundós, dormindo em prefeituras, paróquias e puteiros, comendo pizza com ketchup. O primo prontificou-se a acompanhá-lo e mantê-lo alerta, tratando de assuntos em pauta. Mas havia bebido um garrafão de vinho e no segundo quilômetro reclinou o banco, alegando que precisava meditar. Agora o sol bate em cheio no seu rosto, e os globos dos seus olhos saracoteiam por baixo das pálpebras. Estará às voltas com visões mirabolantes, e Alyandro habituou-se a ouvir do primo o relato de seus sonhos, sobretudo aqueles em que troca de pele. Diz ele que se transforma em Alyandro quando sonha, o que deve ser mentira. Mas é inegável que, no tempo em que ambos furtavam automóveis, foi para Aliandro e não para si que ele sonhou um futuro grandioso. Por inspiração do primo, Aliandro passou a receptar automóveis. Abriu uma, duas, dez, uma rede de revendedoras de autopeças, e sempre assistido pelo primo loteou terrenos do Estado, ergueu no subúrbio sete conjuntos habitacionais, depois uma faculdade de odontologia que leva seu nome e uma fundação de amparo ao menor carente. Um ano atrás o primo jurou ter sonhado que tomava posse no Congresso Nacional com o nome de Ali, de terno creme e olhos azuis. Hoje as pesquisas dão como certa a eleição de Alyandro Sgaratti, e é evidente que ele jamais dispensará seu secretário. E não interromperá seu sono por nada, nem mesmo na avenida à beira-mar, que percorre a vinte por hora, admirando-se nos cartazes que cobrem o tapume de um apart-hotel em construção.

Ariela Masé morreria apedrejada caso não se lançasse do terraço do arranha-céu do seu sonho. Acordou no vácuo e foi tomar um banho frio para aliviar o alvoroço. Com um pé na borda da pia, enquanto forrava de talco os entrededos, procurou em vão relembrar o que havia sonhado. Vestiu-se no quarto às cegas e coou o café com a lâmpada da cozinha acesa. De tênis no barro macio, sem ouvir sequer os próprios passos, percorreu seu roteiro ao largo de prédios amalgamados, todos de uma mesma cor que ela não saberia precisar, porque nunca os vira à luz do dia. Quando porventura deixasse aquele subúrbio, achava que seria fácil apagá-lo da memória. E na memória do subúrbio, de sua passagem restaria quando muito um talco. Prendendo a respiração, pulou uma vala entre manilhas arrebentadas, viu uma estrela no esgoto e chegou à parada ao mesmo tempo em que o ônibus descia da garagem. Sentou-se no primeiro banco e virou o rosto quando o ônibus encheu-se de operários e empregadas domésticas. Deve ter cochilado contra a janela, pois surpreende-se com o sol nos olhos diante de um oceano instantaneamente vazio. Salta na quadra de um edifício em construção e sua vista reluta em reconhecer nos cartazes do tapume as sucessivas imagens de Alyandro Sgaratti, a pele muito clara, alvíssimos dentes, braços erguidos, com o tronco unido por fotomontagem a cidadãos anônimos mas triunfantes também, com suor nas axilas. Diante do colossal mosaico, cujo herói multifacetado já teve cara a cara, Ariela sorri um bom tempo com um sentimento algo maternal, uma vanglória com um pingo de deboche. Toma um copo de leite com café no bar embaixo da imobiliária, e vem-lhe a impressão tardia de ter visto a cabeça de Benjamim entre as tantas que faziam par com Alyandro. Sente-se tentada a voltar àquela esquina, depois julga que seria como voltar para a cama no propósito de reatar um sonho. E ao entrar no escritório, atina que a cabeça de Benjamim estava no seu sonho, não no tapume. Senta-se à escrivaninha e apanha o bloco de papel: "Jeovan. Já é tempo de dar um basta nas tuas desconfianças bobas. Será que você não percebe que me insulta, quando...".

Quando Ariela telefona para agradecer as orquídeas, Benjamim está assistindo à conversão do quarto da criança numa segunda sala de estar, ou sala de televisão, ou aposento de hóspedes. Dois empregados da Mobilux acabam de armar o conjunto de poltronas, mesa de centro e sofá-cama, e as madeiras com seu laqueado branco acentuam a corrosão das paredes, que Benjamim ainda não havia notado. Como só notou de uns dias para cá uma espécie de areia em sua voz, que parece arranhar o mesmo fio de cobre por onde desliza de volta a voz de Ariela, o seu verniz. Poderia mandar pintar o apartamento, pois da voz já vem cuidando com chá de gengibre. E a simples prática cotidiana deverá recuperar uma garganta deteriorada não pela fadiga, mas pelo ócio: parece lógico que um tenor, por acaso adormecido durante vinte anos, depois de uns gargarejos desbancasse o rival que se esgoelara em igual período. Mas o problema fonético é ninharia, se comparado ao prejuízo de Benjamim com o desuso de palavras e pausas no procedimento amoroso. Já vai longe o tempo em que vivia cercado de mulheres emotivas, mulheres que falavam "eu sempre gostei do teu cheiro", ou "por você eu furo meus olhos", ou "sem você eu definho e morro", enquanto ele se afagava os ombros com bronzeador. Hoje, ouvir "adorei as orquídeas" é o suficiente para desequilibrá-lo. Como um abstêmio que por engano tomasse uns goles, Benjamim anda rindo à toa, tem deitado lágrimas com freqüência e dá mostras de sinceridade excessiva. Exemplo: a troco de nada, foi dizer a Ariela que não pretendia comprar um apartamento, e com isso jogou fora o pretexto para reencontrá-la. Manteve o contato por via de flores e telefonemas e achou bonito confessar-lhe que a havia ludibriado, pois não morava em casarão com árvores e bichos, mas num edifício populoso. E acrescentou que jamais fora um famoso ator, ao que ela depois de uma pausa respondeu: "Não faz mal". Empolgado, ele disse outro dia que se considerava um sujeito sem graça, que vivia trancado no quarto, que só ia ao cinema para rever filmes antigos, e mais, disse que não se lembrava da última vez em que beijara uma mulher, sem contar as putas. Ariela repetia "não faz mal", "não faz mal", "não faz mal", o que suscitava em Benjamim uma arrogância de desejar rebaixar-se mais e mais. Agora mesmo, ao ouvir dela: "Esta noite eu sonhei contigo", por pouco ele não declara com deleite: "Eu sou um desgraçado". Mas se ainda assim ela falasse "não faz mal", Benjamim num arroubo seria capaz de completar: "Eu matei a tua mãe".

No dia em que correu a notícia da morte de Castana Beatriz, o telefone de Benjamim não tocou. O que ele no fundo já sabia foi-lhe sendo confirmado pouco a pouco, por impulsos de silêncio. E como Benjamim nunca recebeu a comunicação fatal, para ele Castana Beatriz continuou a morrer durante muito tempo, cada vez que o telefone não tocava. A princípio pensou que os amigos delegavam uns aos outros a dura tarefa, e a expectativa sufocava-o como um ar que ele aspirasse pela boca aberta, sem intermitência. Mas ligar para os amigos seria quase lhes pedir que matassem Castana Beatriz mais depressa. No sábado foi à praia, seguro de encontrá-los alinhados à beira d'água, prontos para lhe transmitir as condolências numa só voz, como um pelotão de fuzilamento. Benjamim julgava que, com o sol a pino na cabeça, com o estrépito das ondas e o estardalhaço das crianças, entre petecas e coca-colas, entre corpos que mergulham e corpos que cintilam, o anúncio da morte de uma garota de vinte e cinco anos soaria menos grave, porque irreal. Não achou os amigos, porém, nem na praia nem no bar-restaurante onde bebiam cerveja todo fim de tarde. Só topou de passagem com G. Gâmbolo, que lhe acenou com naturalidade ao volante de um conversível: "Pegaste uma cor, hein, Zambraia". Mas G. Gâmbolo decerto ignorava o episódio, porque já então andava meio afastado da turma; abrira uma agência e ocupava-se com publicidade institucional, tendo parentesco com alguém no governo. Benjamim tornou a procurar os amigos nos dias seguintes, na praia, no bar, e afinal por telefone: surpreendidos em contrapé, covardes, eles silenciavam e desligavam o aparelho. Cerca de um mês mais tarde, numa fila de cinema, Benjamim identificou pelas sardas nas costas uma prima-irmã de Castana Beatriz que sempre lhe demonstrou bastante simpatia. Com ar desavisado ele falou "oi, Ana Colomba, eu pago o teu ingresso", e preparou-se para o golpe. Ana Colomba voltou-se, engoliu em seco e pigarreou, depois sugou as bochechas e afunilou os lábios, como se quisesse depurar as palavras ("até hoje eu não me conformo", "você deve estar destruído", "foi você o amor da vida dela", "eu sempre gostei do teu cheiro"). Benjamim ainda viu as pequenas bolhas que se formavam no seu bico, e que se coalhavam, e que tomavam mais ou menos o aspecto de uma couve-flor, depois não viu mais nada porque a cusparada o atingiu dentro dos olhos.

Nem Benjamim nem ninguém saberá jamais quem matou Castana Beatriz. As circunstâncias de sua morte permaneceram obscuras, e é provável que, para Ariela, a mãe tenha sido vítima de mal súbito, ou de algum acidente. Os parentes que a criaram terão evitado esmiuçar o assunto, e não será Benjamim a fazê-lo. Mas ele lembrou-se de Castana Beatriz porque "esta noite eu sonhei contigo" eram palavras dela, no início do namoro. E por instinto Benjamim falou "conta!", ao que Castana Beatriz responderia "só pessoalmente", porque contar sonhos por telefone dá azar, dá linha cruzada no amor. Ariela, que não deve ser supersticiosa, contou que no seu sonho Benjamim vinha seqüestrá-la no escritório às quatro da tarde, montado num cavalo vermelho. Molhando a cabeça, Benjamim pergunta-se se revelará a Ariela o quanto se sente mesquinho, pois é incapaz de sonhar com quem quer que seja. Veste a jaqueta de tenista, comprada em butique de artigos importados, e desce o elevador com um estojo felpudo na mão. Toma o radiotáxi, e o que lhe parecia um carnaval de mendigos no largo do Elefante, reconhece agora como seu próprio ex-guarda-roupa circulando ao sol.

"O ouro está em baixa." O subgerente parece radiante ao destacar da calculadora uma tira de papel que, colocada diante de Benjamim, enrosca se por conta própria e dá um pinote na mesa. Benjamim folheia de novo os canhotos do talão de cheques, coteja-os com o extrato bancário, confere as operações do subgerente, e o resultado é o seguinte: em uma semana deu cabo de trinta lotes de ouro, isto é, torrou seis meses de subsistência. Pois torraria outros tantos por um sorvete com Ariela. Havia até cogitado, em noite de vigília, comprar um carro vermelho para levá-la às montanhas nos domingos. Naquela manhã veio ao banco com um caderno de classificados e pôs o subgerente para trabalhar na maquineta. Após traduzir em quinhões de ouro algumas ofertas de ocasião, e dividi-los pela retirada mensal de Benjamim, o subgerente sorriu, estalou a língua três vezes, abanou a cabeça e anunciou que um carro vermelho lhe poderia custar, no mínimo, dois anos de vida. Benjamim pensou no que fizera de bom em dois anos — cinema, chope, cinema, cama, chope, cinema, caldo de carne, cama — e falou "só?". Horas depois deu com uma fila em frente à casa de espetáculos Stromboli, onde se apresentava o cantor Robledo, que Ariela deveria apreciar. Passou pela bilheteria, saltou a roleta, mandou chamar o manager e manifestou interesse em alugar a casa por uma noite, com direito a drinques e show exclusivo de Robledo. Tomou o telefone celular do manager, ligou para o banco e transmitiu o montante para o subgerente. Este demonstrou ser bom de tabuada, pois de bate-pronto respondeu "quarenta e quatro meses" e desligou, com medo de que Benjamim falasse "só?". Benjamim andava pródigo porque, na sua contabilidade fraudulenta, supunha desembolsar dinheiro antigo. Dissipava quilos de ouro ao câmbio de sua vida antes de Ariela, e o valor da vida pregressa de Benjamim deve corresponder ao que os economistas chamam de moeda podre. Mas agora ele compreende que cada gesto com que tenta envolver Ariela lhe será cobrado, se tudo der certo, em tempo de vida ao lado dela. Dos dezoito anos e pico que lhe restam, uma única orquídea representa vários passeios a menos no jardim Botânico com Ariela. Alguns dos melhores meses da sua existência, terá de sacrificar pintando o apartamento para Ariela. Somem-se os jantares, os perfumes, o aluguel de lanchas, e no dia em que Ariela lhe abrir os braços, talvez seja tarde: o subgerente ligará prendendo o riso, e com voz vibrátil comunicará a Benjamim que sua reserva de vida está esgotada. E ficará esperando com o fone no ouvido, para saber que ruído Benjamim faz. Ao sair do banco, Benjamim dispensa o radiotáxi e segue a pé para a Imobiliária Cantagalo, acariciando no bolso o estojo com o relógio Juisseau de ouro dezoito quilates, que comprou para Ariela sem ponderar no quanto lhe custaria.

Ariela vai trocar de roupa, informada pela recepcionista de que um cliente a espera na portaria. Há alguns dias deixou de sobreaviso um tailleur cor-de-rosa com saia plissada no gancho atrás da porta do lavabo. Despe-se, passa uma água no rosto, no pescoço, depois enche as mãos, refresca-se um pouco por toda parte e enxuga-se com a toalha de praia que está sempre pendurada no básculo da janela. Quase nunca usa esse tailleur, e depois de vesti-lo fica insegura quanto ao seu caimento. Experimenta rodar a saia, que esbarra nas louças do lavabo. Desprega da parede o espelho de rosto e oscila-o lentamente à sua volta, com o que consegue olhar-se não de corpo inteiro, como gostaria, mas percorrendo o corpo palmo a palmo, como o olharia um homem. Sai descalça para buscar os escarpins, que esqueceu na gaveta da escrivaninha, e deixa um rastro úmido no carpete da recepção. Bate a porta do escritório sem se despedir, pois sabe que não seria correspondida. Sabe que a recepcionista estará mordendo a caneta, não tendo a quem se queixar da inundação no lavabo, do espelho torto, do par de tênis na tampa da latrina, Ariela sabe que o doutor Cantagalo, mesmo dispondo de banheiro privativo em sua sala, entrará no lavabo assim que a avistar na calçada. E a recepcionista sabe que o doutor Cantagalo costuma esfregar no rosto a toalha de praia de Ariela.

Fosse Benjamim Zambraia um grande artista, e não teria sossego para passeios à beira-mar. A toda hora haveria quem interviesse para cumprimentá-lo pelo último espetáculo, ou inquirir da próxima tragédia, e não espantaria que surgissem carros de reportagem, despejando os paparazzi com seus flashes. Amanhã as colunas sociais publicariam a foto do notório conquistador e especulariam sobre a identidade de sua companhia misteriosa. Fosse Benjamim Zambraia um grande artista, e a eleita não se chamaria Ariela Masé, uma suburbana que anda na praia de tailleur e escarpins. Por isso, no dia em que ele lhe esclareceu que era um mero modelo publicitário, após um segundo de desapontamento, mais um de menosprezo, mais um de resignação, Ariela provou grande conforto. Benjamim tinha ares de fidalgo; passaria por um industrial, um cardiologista, um almirante da reserva, e no entanto já não estava fora do seu alcance. Ariela mede-o numa mirada, e nem é tão alto quanto o recordava, talvez porque o figurasse num palco. Terá um metro e oitenta, não muito mais que ela com sapato de salto, apenas o suficiente para apoiar o braço nos seus ombros, se quiser. Mas Benjamim acompanha-a de perto sem tocá-la; olha para ela e como que através dela contempla o oceano, e aponta as ilhas que, com suas bases sombreadas pela maré vazante, dão a ilusão de levitar rente às águas. Ao tempo que eles caminham, as ilhas alteram suas silhuetas, desmembram-se, acasalam-se, parecem parir novas ilhotas, e Benjamim conhece pelo nome até mesmo os recifes que acabam de emergir, rodeados de espuma. Na ponta da praia Ariela pára defronte de Benjamim, fita-o, e receia que ele meta as duas mãos por baixo dos seus cabelos, e amolgue sua cabeça como a uma bola de futebol, e entre com a língua na sua boca diante de todo mundo. Benjamim será três dedos mais baixo que Jeovan, ou não, porque Ariela pensa em Jeovan e só consegue vê-lo deitado.

Benjamim enquadra Ariela contra o oceano, uma ilha pousada em cada ombro, e tem vontade de enfiar as duas mãos no seu cacheado. Lembra-se do tempo em que encarava desconhecidas na rua, de preferência mulheres solenes, de traços duros, ossudas, e era capaz de imaginar que fisionomia teriam na cama, ou na iminência de um beijo. Em Ariela, vê agora um prenúncio daquele tumulto que nunca mais percebeu em rosto de mulher. Assistiu no cinema a atrizes com o olhar mortiço, os lábios um nada vacilantes, as narinas que de leve se dilatavam, e algumas com grande talento conseguiam adquirir feições brutais ao simular desejo e prazer. Mas eram desempenhos equivocados, na opinião de Benjamim, que via no êxtase o natural das mulheres, e em todo o resto representação. Ariela, face a face, assemelha-se naturalmente a Castana Beatriz quando pedia para ser beijada. Benjamim vacila, confuso, sem saber se encontrará uns lábios gelados, e permite que ela pisque os olhos, recompondo-se. De qualquer maneira, havia premeditado entregar-lhe um presente naquela tarde, e se o fizesse após um beijo na boca poderia ofendê-la. Tira então do bolso o estojo circular, envolto em papel de veludo, e finge escondê-lo às suas costas. Ariela suspende-se na ponta dos pés, inclina-se para a esquerda e roça o mamilo no peito de Benjamim para alcançar o estojo. Desembrulha-o sem lesar o papel, que dobra em quatro e guarda na bolsa de lona. Fala "obrigada" antes mesmo de abrir o estojo, parecendo adivinhar o seu conteúdo. É um relógio de modelo clássico, semelhante ao que Castana Beatriz usava com o mostrador no lado íntimo do pulso direito. Benjamim recolhe-o do estojo e toma o pulso direito de Ariela que, sonegando sua palma, cerra o punho como se doasse sangue. E súbito arranca o braço, deixando o relógio a balançar feito uma isca na mão de Benjamim. Desvia a atenção para um táxi preto que fez o retorno no final da avenida e passa por eles raspando o meio-fio, até frear junto ao posto de salva-vidas. Ariela fala "eu preciso ir" com um olhar enviesado. Já de costas fala "quero te ver muitas vezes" e atravessa a rua saltitando, com o sinal amarelo. Do canteiro central, vira-se para Benjamim ou para o táxi preto, e por cima do trânsito ensaia dizer mais uma palavra ou fazer um gesto, que não diz nem faz. Ao cruzar displicente a outra pista, obriga um ônibus a reduzir a marcha. Como que cancelada pelo ônibus, some de vista quando ele acaba de passar.

Quieto na calçada, Benjamim observa a própria sombra que se espicha na areia, e a sombra de um edifício subindo pelas suas pernas. Observa o lento eclipse do seu busto, e ainda vê a sombra da sua cabeça oblonga no topo do edifício, como um filhote de antena parabólica. Mas eis que sobrevém a sombra das montanhas e engole os edifícios, a areia, os banhistas, o mar, os barcos, as ilhas no horizonte. Só então Benjamim guarda no bolso o relógio de Ariela. Caminha por uma rua perpendicular à praia e já na primeira quadra começa a suar nas mãos, com a sensação de estar sendo seguido. Imagina o táxi preto na sua cola, o que deve ser tolice, mas recusa-se a virar o pescoço. É sensação idêntica à que lhe passava o irmão maior, que todo dia o acossava aos gritos: "Vou te pegar, vou te pegar". Pegaria quando quisesse, era forte, era um galalau, por isso Benjamim corria sem ânimo, e diminuía o passo, e parava e encolhia-se todo, e queria acabar com aquilo e pensava "me pega logo". Mas o irmão não o pegava; contava "um... dois... dois... dois e meio..." e sustinha-se de braços abertos por trás dele, esperando que ele se virasse. Benjamim não se virava porque sabia que iria dar com uma cara pavorosa, e só serenava ao ouvir o irmão bem distante, soltando pipa ou afogando gatos no tanque. Pois agora, como se ainda tivesse atrás de si um irmão maior, Benjamim diminui o passo e por pouco não empaca numa esquina. Certa vez empacou durante vinte e quatro horas no portão de casa, embora soubesse que o irmão estava ausente. Achatou o nariz contra o muro e ignorou os chamados da empregada para o almoço e o jantar. Devia ser meia-noite quando ouviu o irmão maior a sussurrar no seu cangote: "Vou te pegar, vou te pegar". Tapou os ouvidos, pôs-se de cócoras e só arredou pé de manhãzinha, arrastado pela mãe que queria forçá-lo a despedir-se do irmão. Ele não estava a fim de despedir-se do irmão. Tapou então os olhos e, sem compreender por que chorava tão alto, entrou na capela do hospital, que fedia a cravos e velas. Zanzou feito cabra-cega pela capela, cheirando a barriga de tios e tias que o abraçavam desconsolados, até sentir que a mãe o conduzia à beira do caixão. Permaneceu com o nariz achatado contra o caixão, as palmas das mãos como dois potes de lágrimas, e já meio enjoado de chorar. Depois de um tempo apartou os dedos em alguns milímetros, e pela persiana dos dedos viu a cara amarela do irmão maior. Viu que os cílios do irmão maior não chegavam a se fechar, e viu uma nesga do branco dos seus olhos ("vou te pegar", "me pega logo").

Em frente ao edifício do largo do Elefante há um carro estacionado com os faróis acesos. Sem poder discernir modelo ou cor, Benjamim prefere contornar o edifício e tomar a entrada de serviço. É um corredor estreito, espremido contra a Pedra, por onde ele não andava fazia anos. Mas lembrava-o semi-iluminado, à noite, pelas janelas dos apartamentos. E ao olhar agora os fundos do seu edifício, Benjamim vê um paredão de cimento inteiriço, com a exceção dos três retângulos negros à altura do décimo andar, as suas janelas. Dá alguns passos e estaca; escuta o cochicho de seus perseguidores, mais o chiado de suas solas arrastando-se nas lajotas do piso. Afunda a cabeça nos ombros e espera por eles. O primeiro tapa no flanco para Benjamim é quase sensual. Outra mão repuxa a gola da sua jaqueta e desnuda-lhe a nuca, como se abrisse caminho para fincar um cano de pistola. Agarram suas mangas e terminam por derrubá-lo com uma tração mais violenta. Sentado no chão, pronto para o golpe de misericórdia, Benjamim é despojado de sua jaqueta de tenista. Vê um molho de chaves, uma tesoura de unhas e o relógio de ouro caídos à sua volta, e vê dois vultos que escapolem, disputando a jaqueta virada pelo avesso. E na contraluz do largo reconhece o casal de mendigos, ela num smoking com as pernas arregaçadas, ele com um gorro de cossaco, recordação de um anúncio de vodca.

Benjamim entra em casa molhado e pegando fogo, como se tivesse subido às carreiras dez lances de escada. Vai se despindo a caminho do quarto, trepa na cadeira, revira a pasta lilás e leva para a cama as duas fotos de Castana Beatriz. Com o reforço do abajur, ilumina o rosto dela sob o chapéu de palhinha, a franja aberta pelo vento, a expressão de espanto. Em seguida sobe o facho pelas suas canelas finas, as pregas do seu vestido, seu tronco inclinado para a esquerda e uns olhos que, apesar da pintura, lhe parecem abatidos. Benjamim tem a impressão de que, desde a última vez em que abriu aquela pasta, o tempo afetou Castana Beatriz mais do que durante os anos todos em que ela esteve ali reclusa. Volta a observá-la sentada no conversível, ou na ponta dos pés cobiçando um buquê de margaridas, e ao contrário do que aconteceu um mês atrás, custa a reconhecer em Castana Beatriz algum indício de Ariela. Ariela, entretanto, que Benjamim traz fresca na memória, continua sendo o retrato da mãe em movimento. Teria se apropriado dos traços de Castana Beatriz um a um, como uma noiva que, ao deixar a casa materna, carrega as peças de sua predileção: "Isto é meu!", "Isso é a minha cara!", "Posso roubar aquilo?". E hoje Castana Beatriz apenas vagamente lembra Ariela, como uma casa de Ariela sem Ariela e as coisas dela.

À janela do seu quarto, Benjamim ergue as mãos e lança na noite um mundo de papéis picados. Está orgulhoso em desfazer-se de sua coleção de fotografias: Benjamim Zambraia de perfil, Benjamim Zambraia de calção, Benjamim Zambraia de automóvel, Benjamim

Zambraia com quatrocentas mulheres, o curriculum vitae do modelo Benjamim Zambraia. Na tela retangular que a janela projeta na Pedra, vê sua sombra como a de um maestro entre flocos de neve, ou sob uma ovação de pipocas. Mas logo se contém, inibido por um virtual espectador. No alto da Pedra, é nítido o céu da boca de uma caverna, seus veios e tubérculos ressaltados por uma candeia. Ali mora o velho maluco da caverna, figura lendária no bairro do Elefante. Por instância do síndico do prédio, os bombeiros já efetuaram na Pedra várias diligências malogradas. Aquela é uma encosta vertical e escorregadia, de acesso inviável, e a realidade é que a maioria das pessoas, a começar pelos bombeiros, duvida bastante da existência do velho. Mas Benjamim sempre o percebeu, mesmo quando a candeia era ofuscada por uma miríade de janelas, suas televisões a lampejar. Novidade esta noite para Benjamim são os pequenos pontos de luz intermitente ao longo da Pedra, como brasas de cigarros em suas quantas cavernas. Imagina que a Pedra esteja habitada de alto a baixo tal qual um edifício de apartamentos, com síndico e tudo, defronte de um paredão de cimento. E imagina que para os moradores da Pedra seja ele, Benjamim, solitário e nu, o velho maluco da caverna.

6

ARIELA MASEH
    AGRAVOU-SE ESTADO SAUDE TUA MAE. FAMILIA
AGUARDA TUA PRESENCA.

O telegrama esmagado redunda num caroço que Ariela arremessa na cesta com um gancho de mão esquerda, ao levantar-se de sua escrivaninha. Assim que veio para a cidade ela chegou a treinar na equipe de basquete da Ultrapão, e segundo o técnico levava jeito. Poderia ser hoje uma atleta profissional se não tivesse dado ouvidos a Jeovan, para quem o homossexualismo corre solto no esporte feminino. Jeovan só consentiu que ela trabalhasse fora, a muito custo, porque o doutor Cantagalo era um velho conhecido, homem de sua confiança. E Ariela sabe que o doutor Cantagalo baixará os olhos ao vê-la entrar de bermudas na sua sala. Bate à porta e encontra-o absorto nuns anúncios classificados que em verdade não pode ler, porque está sem óculos. Ariela pensa que ele entraria em pânico se a ouvisse aproximar-se além do normal, se visse o pano de suas bermudas franzindo-se contra o tampo de mármore, se a visse debruçar-se na mesa com a blusa de alças folgadas. Para o doutor Cantagalo seria chocante ver uma funcionária com cinco anos de casa a desafiá-lo em sua mesa de trabalho. Não lhe pareceria razoável que Ariela Masé assentasse a bolsa sobre os seus anúncios e de repente lhe atirasse na cara uma carta de demissão, como as tantas que ela esboçou esses anos todos, e que viraram bolotas, foram para o lixo. Mas Ariela detém-se no centro da sala e limita-se a lhe pedir licença para deixar o serviço mais cedo: são três e meia, não há mais compromissos na agenda e a recepcionista está a postos para anotar recados. Com a cabeça prostrada no jornal, que folheia a torto e a direito, o doutor Cantagalo não apresenta objeção. Então Ariela gira o corpo, com o que ouve cessar o farfalho às suas costas. Caminha para a porta devagar, por sentir que deixa aquela sala pela última vez, e por saber que de longe o doutor Cantagalo enxerga a olho nu.

Amanhã a recepcionista deverá dizer que viu Ariela sair às quinze e trinta, depois de obter dispensa do chefe, trajando sandálias, bermudas cáqui e blusa de malha amarela, com um relógio de ouro no pulso direito e uma gorda bolsa de lona a tiracolo. Ariela faz uma pausa na recepção e sorri de pensar que, a partir do momento em que transpuser a porta do escritório, seus passos serão uma incógnita. Talvez ocorra à polícia fuçar a lixeira do prédio, e o telegrama remetido a Ariela Masé de um vilarejo do interior seria uma pista quente. Mas ela não aparecerá no vilarejo; dentro da casa de chão batido onde era esperada, poderá ser vista uma anciã cor de azeitona, delirando num colchonete, assistida por vizinhos e parentes com cara de índios. O caso Ariela afundará aos poucos em algum arquivo, enquanto ela estará apreciando filmes antigos no vídeo que Benjamim Zambraia mandou instalar no quarto de paredes brancas, recém-pintado a pistola. Em telefonema no dia seguinte ao seu passeio na praia, Benjamim descreveu-lhe os móveis laqueados do recanto que denominara "quarto de Ariela", mais a marca do televisor novo em folha e até o penteado das atrizes nos filmes que alugara. Ariela soltou uma gargalhada, só para ver se ele ria também, pois não sabia se Benjamim propunha a sério que ela fosse viver ao seu lado. Mas em virtude do silêncio na outra ponta da linha, pediu o fim de semana para refletir. Viu chover sábado e domingo, noite e dia, com o rosto colado no vidro baço da cozinha. Viu rolarem as ruas do subúrbio como córregos barrentos. Lembrou-se do pântano no chão da casa em que se criou, e sentiu grande vexame, pensando que Benjamim não fazia idéia do passado da mulher que pretendia acolher. Segunda-feira cedo encontrou sobre a escrivaninha um ramo de miosótis e o relógio que já conhecia. Telefonou a Benjamim para avisar que colocara as flores no vaso e o relógio no pulso, e perguntou o que ele sabia da vida dela. Benjamim disse que, se soubesse quem era ela, teria concebido um quarto tão justamente ao seu feitio, que ela mal poderia deslocar-se ali dentro. Reservara aquele espaço, porém, antes mesmo que ela existisse, para que ela o fosse preenchendo com sua respiração. E garantiu que ela logo seria íntima do quarto, do mesmo modo que as pessoas têm um nome que lhes antecede, depois ganham a cara do nome que têm.

    Esta manhã Ariela abriu no escuro três gavetas da cômoda e socou na bolsa cinco mudas de roupa leve — saias, blusas e calcinhas — sem discernir suas cores. No trajeto do subúrbio para o escritório, teve tempo de pesquisar a bolsa e calcular que, bem ou mal, poderia alternar as peças em cento e vinte e cinco combinações diferentes, sem contar a roupa que levava no corpo. Chegou ao serviço antes da hora, junto com a faxineira, e o telefone já tocava quando meteu a chave na porta. Atendeu-o no PABX da recepcionista, ouviu "eu não perco a esperança" e encobriu o bocal para sussurrar "hoje às quatro, no quarto de Ariela". A bordo do 479, destino largo do Elefante, ela prevê agora que se atrasará mais de dez minutos, e não por culpa sua: o ônibus emperra num engarrafamento na esquina da rua da Cabala, de onde chega uma zoeira de alto-falantes, buzinas ritmadas e fogos de artifício. O verão, que as águas de março haviam fechado, mudou de idéia e trouxe de volta seu vapor. Moscas-varejeiras adejam na estufa do ônibus, que os passageiros começam a desertar. Ariela decide saltar também, depois de ver debaixo de sua janela o próprio motorista mijando no pneu traseiro. Vai à rua da Cabala espiar a festa, matar a sede, talvez comprar num camelô um mimo para Benjamim, por exemplo um jogo de lençóis. Não encontra entretanto as barracas de praxe naquelas calçadas: um povaréu ocupa toda a rua, em cuja extremidade despontam dezenas de automóveis e um carro de som. A caravana avança em marcha lenta e traz consigo uma chuva de papel picado, que secretárias, contínuos e boys atiram das janelas dos edifícios comerciais. Quando Ariela pensa em recuar, está encurralada. Contorce-se no meio do povo, que a caravana expele conforme atrai, e uma adolescente gorducha machuca seus seios ao pespegar-lhes um par de adesivos. Já salpicada de confetes e envolta em tiras de papel higiênico, ela avista Alyandro Sgaratti montado no carro de som: empunha um microfone sem fio e fala com ardor de bem-estar social e outras coisas que ela não entende, pois as palavras ecoam nos edifícios. Mas quando ele encerra o discurso, uma orquestra sinfônica rompe dos alto-falantes, estoura um foguetório, e mesmo Ariela é compelida a aplaudir. Peito inchado, Alyandro parece ganhar corpo com o volume crescente da orquestra, e avizinha-se meneando os braços contra o azul do céu. Passa por Ariela, e ela percebe que ele chega a encará-la, sorridente. Porém já o faz com o vezo de um político, que não ajusta o foco no que mira, porque o olho pensa em várias direções.

A caravana estaciona em frente à galeria do edifício onde Ariela encontrou Alyandro pela primeira vez. Os seguranças vêm apeá-lo da caçamba, que é ocupada por um grupo de dançarinas louras vestindo T-shirts vazadas em forma de Y. Ao som de um sucesso do último Carnaval, o caminhão retoma o rumo da praia e o povo sai pulando atrás. Ariela não se apressa a procurar seu ônibus, pois acredita que aquele trecho da rua ainda demorará a fluir. Da lanchonete na entrada da galeria, onde pede um refresco, ela pode ver o elevador encher-se de gente com material publicitário de Alyandro Sgaratti. Ariela fica a imaginar o estado do conjunto de salas que alugou para Alyandro, onde deve funcionar um comitê de campanha. Lembra-se do carpete cor de gelo, e pensa nos tamancos dos eleitores da periferia que vêm ali pleitear manilhas, sumidouros, calçamento. O doutor Cantagalo já a repreendeu por isso, no entanto Ariela continua ciumenta dos imóveis que lhe caem nas mãos, e costuma deprimir-se ante a fatalidade de uma transação. Se negocia alguma butique, um café, uma oficina, pode ao menos revê-los de tempo em tempo, cumprimentar o inquilino, conferir as adulterações ou as benfeitorias. Um comitê eleitoral, por acaso ela nunca visitou, e após comprovar que o trânsito permanece caótico, é tentada a juntar-se à nova leva que aguarda o elevador. Mas quando a porta se abre, desembarcam oito seguranças de braços dados em torno de Alyandro que, andando rápido com um sanduíche na mão, fala de boca cheia para o gravador de um radialista. Penteou-se, parece ter tomado um banho de pia e veste uma camisa social engomada; atrás dele corre com passos miúdos um mulato bigodudo de sapatilhas, calça de couro muito justa e três argolas em cada orelha, embraçando como se fossem escudos dois cabides com blazers em tons de azul. Sem querer, Ariela participa do cortejo que saúda Alyandro galeria afora até a calçada, onde um carro branco estaciona. O escudeiro instala-se ao lado do chofer e, recostado no banco traseiro, Alyandro acena para os correligionários com abanos de mão frouxa.

Um dia Aliandro viu um carrinho estrangeiro, um cupê rosa-pálido de dois assentos e teto solar, quase um brinquedo, estacionado numa lateral do Hotel Plaza Paradis. Estava exposto ao deus-dará, tal qual num filme, com a porta encostada e a chave na ignição, e num vai-não-vai Aliandro já o pilotava ao longo da avenida à beira-mar, com o braço para fora da janela e um quinteto tocando jazz na FM. Começava a desenvolver velocidade quando o motor sustou-se, calou-se o rádio, e uma sirene estereofônica pôs-se a guinchar sob o capô como uma frota de ambulâncias. O carro ainda deslizou uns trinta metros e parou fazendo escândalo na pista central, à boca do túnel. O calção roto de Aliandro, suas sandálias de dedo, sua camiseta com anúncio de supermercado, seu rosto suarento — seu aspecto geral não condizia com um automóvel importado. Ainda assim ele julgou que poderia sair assobiando pela avenida, esgueirar-se entre os coqueiros e sumir no esgoto. Mas ao tentar abrir a porta, estava travada por algum mecanismo tenaz. O vão da janela era estreito, e se ele não tivesse dezenove anos e um corpo elástico, com certeza entalaria ali. Quando plantou as mãos no asfalto e arrancou-se do carro com uma cabriola, já estava cercado de povo e de veículos. Ajoelhado na rua, levou um pontapé no fígado, e pelas jugulares dilatadas de seu agressor deduziu que se tratava do dono do cupê. E mesmo depois de chutado nas costelas e no ouvido, compreendeu a ira do sujeito, a sua honra profanada, tão feminina era aquela miniatura de automóvel, como uma noiva virgem ou uma filha cor-de-rosa. Mas nem bem Aliandro se aprumou, teve de esquivar-se à queima-roupa de um novo proprietário, um gigante de queixo torto que vinha desabalado desde o fundo do túnel, brandindo uma barra de ferro com que estilhaçou o pára-brisa. Aliandro conseguiu galgar a capota do carrinho, cuja clarabóia estalou e cedeu de leve, e com isso pareceu exasperar todos os circunstantes, que sacolejavam a lataria e berravam "pega ladrão!", alguns com gosma na boca, e urravam "mata! mata! mata!" em coro mais estridente que a sirene. O carro estava para adernar, quando Aliandro saltou para a capota de um jipe e viu um banhista sacando um revólver da sunga. Antes do primeiro disparo acocorou-se, avistou uma cabine da polícia não muito distante e afagou o medalhão dourado com sua opala. Saiu pulando feito um sapo de capota em capota, e poucas vezes um ladrão terá buscado a polícia com tanta presteza e anseio. Aliviado, deixou-se algemar e conduzir à delegacia, onde tomou chutes no fígado e nas costelas, e barra de ferro na boca e cu adentro, porém confiante em que terminaria por safar-se inteiro, com a exceção dos oito dentes incisivos e de três caninos. O primo só veio libertá-lo ao cabo de uma semana, congratulando os camaradas da carceragem pela merecida lição. E Aliandro aprendeu com o primo a, por via de regra, arrastar automóveis com o motorista incluso. Passou a fazer ponto em esquinas arborizadas, à espreita do sinal vermelho, e na ausência do primo selecionava os carros não pela marca, ano, conservação, mas pela qualidade do refém. Dava preferência a garotas com canga de praia ou malha de balé, motoristas assustadiças às quais nem carecia de exibir a arma; bastava-lhe colar no vidro o rosto suarento, forçar a porta e pronunciar, banguela: "Chega para lá". Não era raro que se afeiçoasse àquelas garotas depois de algumas horas, e ao despedi-las em campo longínquo, lastimava saber que rejeitariam proposta para futuros passeios. Mas hoje ele tem a sensação de revê-las nas jovens admiradoras que se amontoam à janela do seu carro, e que se pudessem arrombariam a sua porta e o levariam para longe e o afagariam e lhe rasgariam a roupa. O chofer dá a partida e freia logo adiante, quando Alyandro vislumbra as pernas compridas de Ariela Masé, que parece equilibrar-se no meio-fio.

Ariela tencionava atravessar a rua, quando os guarda-costas a desviaram para dentro do carro de Alyandro. Ela nunca se acomodara antes em automóvel tão climatizado, tão forrado de couro e tão equipado como aquele, com telefone, fax e frigobar no intervalo das poltronas dianteiras, além da televisão no teto que exibe um desenho animado. Sente no entanto que não deveria ter abandonado o banco duro do ônibus 479. Entrefecha os olhos e adivinha Benjamim Zambraia sentado na beira de um sofá-cama, velando o mostrador digital do videocassete, vendo desmantelarem-se os minutos, seus bastonetes verdes. Desde o momento em que ela saiu do escritório, tanto podem haver se passado meia hora como duas horas e meia, pois no relógio mental de Ariela soltou-se o tempo: em sua engrenagem teria se quebrado alguma peça, talvez uma arruela chamada rotina. E ao ceder a mão para o beijo de Alyandro, dá por falta do relógio de Benjamim. Num reflexo cobre os seios, que Alyandro fitava de modo ostensivo, rindo com seus dentes de cavalo. Por um instante ela suspeitou que estivesse seminua, que no acotovelamento da passeata lhe tivessem roubado também a blusa. E agora ela se acha uma idiota, por expor ruborizada os adesivos que traz logo abaixo das alças como duas tetas, com a inscrição "Vote em Alyandro". Nem sequer pode reagir quando ele a toca com a ponta dos dedos e põe-se a coçar as bordas de um dos adesivos, que extirpa com um repuxão porque estava torto. Resta na blusa uma marca redonda e viscosa que pelo jeito nunca mais sairá, desfalcando o enxoval de Ariela.

17:00 — gravação de programa eleitoral (estúdio de G. Gâmbolo); 18:30 — reunião com bancada do Partido (diretório regional do PDH); 20:30 — debate com secundaristas (Colégio São Firmino); 22:45 — mesa-redonda (Rádio Primazia); 0:30 — júri de concurso de tango (Clube do Arco e Flecha); 2:00 — finanças: encontro com W. T. Jr. (local a definir). Leodoro esquadrinha a agenda, mas não arranja espaço para enxertar a visita a um astrólogo. Pelo retrovisor, tem a impressão de ver a cara marota do menino Ali quando o convidava para conhecer sua cidade, que era como apelidava a mixórdia guardada embaixo da cama: tijolos, calotas, bueiros, placas de rua, garrafas, pães doces etc. Os pães doces, a mãe jogava fora, porque a cama também era dela e ameaçava virar um ninho de baratas. Leodoro pensa que ela estava certa quando dizia do filho que tinha o olho maior que a barriga. Esta noite, o último compromisso de Ali vai ocupá-lo até altas horas, e depois ele ainda sairá à cata de um restaurante aberto. Passará em casa com o tempo contado para uma troca de roupa, quando muito uma ducha, devendo pegar a estrada de manhãzinha. Leodoro torce o retrovisor, observa a moça com os cabelos sujos, cobertos de papéis picados, e ignora o que Ali possa pretender com ela. Leodoro já sonhou que o primo guardava moças embaixo da cama.

"A moça está comigo", diz Alyandro na entrada do casarão a um vigia que interpelava Ariela. Alyandro anda a passos largos, e Ariela, mais perseguindo que o acompanhando, receia ser tomada por repórter inconveniente, ou partidária fanática, ou antagonista homicida. Hasteando os cabides como estandartes azuis, o assessor de calças justas serpenteia entre as rodas de indivíduos plantados na sala de espera. Uma secretária larga o fone na mesa, vem balançando as pulseiras ao encontro de Alyandro e o introduz num recinto abarrotado de monitores de televisão. Nos aparelhos à direita passa um filme que Ariela julga monótono, com seqüências de um rio deslizando devagar; nos da esquerda aparece um sujeito de terno e gravata, marchando sem sair do lugar, sobre um tapete vermelho. Súbito fundem-se as imagens, e o sujeito agora caminha sobre as águas, com uma Bíblia na mão. Aproxima-se seu rosto, empastado por espessa maquiagem, e não há som na sala para se escutar o que ele diz. Traz uma grave expressão, e toda vez que ele ergue as sobrancelhas, cavam-se três fendas profundas em sua testa de barro. A imagem cristaliza-se nos monitores, acende-se a luz do ambiente, e um senhor careca sentado à mesa cheia de botões inclina-se para o microfone: "Estupendo, pastor Azéa! Até amanhã e louvado seja!". Faz um pivô em sua cadeira giratória e grita: "Alyandro

Sgaratti, filho-da-mãe!". O careca é G. Gâmbolo, que solta um gemido para levantar-se e abraçar Alyandro.

Ariela nunca pensou que tivesse um rosto sugestivo, nem viu especial homenagem naquela observação de G. Gâmbolo. Este não a havia reconhecido num primeiro momento, e precisou que Alyandro lhe evocasse o almoço no restaurante francês, onde teriam comentado que ela parecia recém-saída da tela, de um comercial de creme hidratante, se não de toalhas de banho. Em todo caso G. Gâmbolo mostrou-se amável ao propor a Ariela um teste de fotogenia, nem que fosse para entretê-la enquanto Alyandro estivesse metido no estúdio, gravando mensagens políticas. Um fotógrafo postou-a no canto de um gabinete forrado de cartolinas, gastou um punhado de chapas e, quando Ariela presumiu que a formalidade estivesse cumprida, encaminhou-a a um cabeleireiro no segundo andar. O cabeleireiro lavou e alisou seus cachos com escova e secador, tendo projetado um penteado de pajem que lhe arredondaria as feições. Ariela lembrou-se dos cabelos escorridos da mãe, e lembrou-se de como se sentia injustiçada, menina, ao tentar desembaraçar os seus tufos de lã, os olhos ardendo, os dentes cerrados, uivando a cada arranco do pente grosseiro: quem sabe por isso, ainda hoje, quando Ariela sente raiva, dá-lhe uma aflição na raiz dos cabelos. Retornou ao gabinete, provou uma túnica de seda furta-cor e relaxou-se, riu, emocionou-se, espantou-se, ofendeu-se e ficou triste, conforme as instruções do fotógrafo, depois por conta própria mordeu o lábio inferior, com um olhar sugestivo. Finda a sessão, está com o pescoço dolorido e tem um princípio de câimbra nas pernas, como não teria ao final de uma jornada visitando arranha-céus sem elevador. Ao fotógrafo, que lhe pede o telefone para contato, vai ditar o número da imobiliária; atina a tempo que acabou de largar o emprego, mas não se acha no direito de divulgar o telefone de Benjamim Zambraia. Diz-lhe então que, por intermédio de Alyandro Sgaratti, G. Gâmbolo saberá como localizá-la. Sai pelo corredor, perde o rumo, circula no labirinto de eucatex à procura de Alyandro ou de G. Gâmbolo, pois não gostaria de ir embora sem se despedir. Encontra afinal um letreiro luminoso com o aviso "Silêncio Gravando" no alto de uma porta dupla. Aguarda ali postada durante cinco minutos, ou dez, ou vinte, até que as portas se abrem fazendo vacilar os corredores. G. Gâmbolo, seguido por um grupo de barbudos, passa por Ariela sem lhe dar atenção, estranhando decerto seu novo penteado. Dentro do estúdio, Ariela depara com funcionários que enrolam um tapete vermelho, recolhem cabos elétricos e disputam uma bola de isopor aos pontapés.

É noite quando Ariela deixa o casarão; caminha pelo estacionamento vazio, ultrapassa a guarita e já na rua escuta "moça! moça!". Ela sabe que é com ela. Conhece a voz do vigia e desconfia que ele lhe estenderá a sua blusa de malha manchada, esquecida meio de propósito atrás da porta do gabinete. Pressente que irá sujeitá-la, com legítima truculência, a trocar de roupa diante dos faróis. Passando por gatuna, Ariela teria de devolver a túnica de seda furta-cor do almoxarifado, e ainda daria graças a Deus por não ser autuada em flagrante delito. Mas ao virar-se, recebe do rapaz um cartão de visita de Alyandro, com o número de seu telefone celular escrito à mão. Volteia a cabeça, jogando para trás a lisa cabeleira, estica o braço e faz parar um táxi com o dedo em riste, num gesto que é da túnica, mais do que seu. Sem poder reparar as horas perdidas, a esta altura Ariela toma o táxi apenas para dar-se um luxo, que é uma espécie de urgência sem nenhuma necessidade. O carro embarafusta pelo tráfego, costura, buzina, fura sinais, e Ariela não duvida que o motorista seja o mesmo que a conduziu ao subúrbio, tempos atrás, quando ela se decidiu a morar com Jeovan. Naquela tarde estava afoita para vê-lo, comunicar-lhe a novidade, inaugurar o jogo de lençóis que carregava no colo, por isso ria, aplaudia e sapateava sempre que o motorista tomava uma contramão. Hoje, porém, sente-se um tanto mareada, e recorda ter lido numa revista que as nossas células começam a envelhecer aos vinte e cinco anos. Olha o retrovisor e logo baixa a cabeça, pois cruzou com os olhos do motorista. Pensa nas fotos que vem de tirar, e custa a crer que o fotógrafo se dê ao trabalho de revelá-las, ampliá-las, apresentá-las ao patrão. Abre as mãos, observa-as por breve tempo e lamenta não ter feito um teste de fotogenia na época em que conheceu Jeovan. Com o rosto para fora da janela, tem consciência de que o motorista cambou para a esquerda do assento e continua a fitá-la. Ariela vê o comércio fechado, vê uma sorveteria, um pronto-socorro, uma fila, mais fila, um cinema, um poste, outro poste, depois vê as palmeiras que se sucedem, cada vez mais próximas umas das outras, e na velocidade que o carro atinge, já vê as palmeiras como uma paliçada. Sente o vento deformar seu rosto, porém mais que o vento, sente a pressão do olhar do motorista, e é tão concreta a sensação na têmpora, e tão igual à sensação do antigo olhar do Zorza, que ela não se contém e grita "pára!". O motorista freia de um golpe e Ariela surpreende-se em pleno largo do Elefante. Antes de saltar, pinça com as unhas o cartão de Alyandro, que havia atochado no pequeno cinzeiro repleto de guimbas e bagaços de gomas de mascar.

 O edifício de Benjamim, que Ariela lembrava sombrio mesmo debaixo de sol, sucumbiria na noite se não restassem umas poucas janelas iluminadas aqui e ali. Da calçada oposta, junto às palmeiras do parque, Ariela escala a fachada com os olhos em ziguezague, e encontra o décimo andar inteiramente às escuras. Admite ter se enganado nas contas, porque vê um apartamento aceso um piso acima, e rente ao peitoril percebe uma cabeça, que atribui a Benjamim; imagina-o agachado ao pé da janela, como numa atalaia a aguardá-la. Mas eis que surge uma mulher alta de cabelos soltos, e acaricia com as duas mãos a cabeça que não há de ser de Benjamim, e sim de uma criança. Agora a mãe destaca do peitoril o que não há de ser uma cabeça, e sim um vaso de cerâmica, que deposita em lugar invisível. Quando ela desce a persiana, ocorre a Ariela que Benjamim possa habitar os fundos do edifício. Chega-se a um poste de luz e sacode a bolsa de lona, sem distinguir a caixa de fósforos onde anotou seu endereço completo. De qualquer forma ela guardou de cor o número do apartamento, 1020, e de anterior visita àquele edifício, tem idéia de que os números pares dão de chapa na montanha. Benjamim nunca se referiu à montanha em seus relatos, e Ariela quer acreditar que, a exemplo dos vizinhos, ele tenha bloqueado todas as janelas. Morar em aposento sem janelas, Ariela quer acreditar que não seja de todo mau, e equivalha mais ou menos a viver numa cabine de cinema, onde ela assistiria a filmes mudos em sessão contínua. Dispõe-se a atravessar a rua em direção ao edifício, quando repara nuns tipos que povoam os degraus da portaria. Vê gente dormindo, um cachorro, gente comendo arroz com as mãos, vê uma velha de seios chochos e saia de escocês, sentada com as pernas abertas. Ariela desvia-se, estreita a bolsa contra o peito e procura acercar-se de uns cidadãos eretos que fumam e lêem jornais sob um abrigo de amianto. Outras pessoas acorrem àquele ponto com a chegada de um ônibus, e comprimem-se à sua porta, na pretensão de entrar todas no mesmo ato. Sobe o último passageiro e o ônibus ainda queda um tempo à espera de Ariela, até que a porta pneumática bufa, como se perdesse a paciência, e fecha. Ariela olha o largo deserto e abraça o ônibus que ameaçava partir, e pega a estapear sua carroceria, obrigando-o a recolhê-la. Cambaleando no corredor, tenta espiar mais uma vez o edifício de Benjamim. Mas o ônibus toma a avenida Almirante Píndaro Penalva e acelera rumo ao centro da cidade, onde Ariela, com sorte, alcançará uma conexão para o seu subúrbio.

Benjamim desce à portaria do edifício no momento em que o último ônibus deixa o largo, e verifica que ninguém desembarcou no ponto. Abre caminho entre os mendigos e sai andando à toa, sem intenção de voltar para casa tão cedo. Cairia doente se continuasse a aguardar Ariela entre as paredes brancas do apartamento, apesar de não contar topá-la perambulando na noite. Talvez aviste mulheres semelhantes, como sucede nos filmes, onde o herói julga reconhecer a amante do outro lado da rua, por causa do vestido ou dos cabelos, e parte desabalado; precipita-se entre os carros, trepa nos pára-lamas, esbarra nos figurantes, toca afinal o cotovelo da moça e, no instante em que a impostora vira o rosto, mesmo que possua um belo rosto, é monstruosa. Mas no passado Benjamim já levou três anos rondando a cidade à procura de uma mulher, e nunca se equivocou. Ele sabe que, com o corpo em movimento, não há duas mulheres que se confundam, nem irmãs gêmeas. Certa vez, ao passar já desalentado por uma praça do centro, viu uma jovem em frente à agência dos correios, sobraçando um pacote. Usava cabelo à joãozinho, quase raspado, uns óculos de aro redondo, vestia uma saia indiana meio amassada, dava a impressão de não lavar os pés, era uma jovem pouco atraente. Só chamou a atenção de Benjamim porque o olhou de esguelha e em seguida postou-se congelada como só alguns bichos sabem ficar. Mas ao pular para dentro de um ônibus, a despeito dos trapos que escondiam suas formas, traiu-se: era ela, sem dúvida era ela, Castana Beatriz. Faltou reação a Benjamim, porque ao longo do tempo ele havia ensaiado aquele encontro noutro ritmo, com trocas de sorriso, olhos úmidos, diálogos e silêncios. E quando caiu em si, já não havia Castana Beatriz, nem ônibus, nem nada. Voltaria com freqüência àquela praça na esperança de revê-la, o que de fato acabou por acontecer, embora fosse melhor não ter acontecido: se se esfalfara três anos ansiando por Castana Beatriz, haveria de purgar pelo menos outros dez no afã de esquecê-la. Esqueceu-a enfim, de modo cabal, e só foi resgatá-la por culpa da filha, que agora acha prudente tratar de esquecer também. Numa rua transversal à praça que por coincidência tinha na memória, Benjamim vê uma fieira de mulheres encostadas nos postes. Pensa que poderia levar para casa qualquer uma delas, por exemplo uma negra chamada Lorna, que ele já conhece e que gosta de falar "tu és meu bem". No quarto de Ariela, Benjamim pagaria a Lorna para prosseguir falando "tu és meu bem, tu és meu bem, tu és meu bem", o que ela faria um pouco pelo dinheiro, um nada pelo valor das palavras, e muito para exibir os lábios grossos que as pronunciam, e que ela pinta com batom cor de laranja. Benjamim miraria aqueles gomos, e a cada vez que Lorna os entreabrisse, teria impulsos de adorá-la tanto quanto algum dia adorou Ariela ou Castana Beatriz.

 Nada garante que Ariela seja filha de Castana Beatriz. Benjamim pára de estalo no meio-fio, como que tropeçando na conjetura de que uma e outra sejam estranhas. Que Castana Beatriz engravidou é certo, mas ele nunca ouviu falar que ela tivesse parido uma menina. Quem sabe perdeu a criança, pois não devia ser benéfico para uma gestante viver aos sobressaltos, a reboque de um ativista político. O Professor Douglas seria mesmo capaz de persuadi-la a abortar, considerado o estorvo que representaria um bebê de colo para um casal foragido da lei. Se Ariela fosse filha de Castana Beatriz, teria dois anos de idade e provavelmente seria mencionada no dia em que o doutor Campoceleste mandou chamar Benjamim à sua casa, para uma segunda audiência. Dessa feita não houve mal-estar, coação, invasão de domicílio; tratou-se de um convite cortês, ainda que veemente, transmitido ao telefone por voz de mulher. O doutor Campoceleste já não falava, soltava uns arquejos que a religiosa à sua cabeceira interpretava para Benjamim. Freiras iam e vinham com líquidos, pílulas, termômetro, bolachas-d'água e lenços bordados com que lhe enxugavam a boca e espanavam os farelos de sua bata púrpura. Ganhava ares de mosteiro, o apartamento à beira-mar que o doutor Campoceleste doara à irmandade. Com seus estertores, o doutor Campoceleste manifestava profunda apreensão pela filha; malgrado o desgosto que ela lhe causara, rezava sem cessar para que escapasse à investida de oficiais inescrupulosos. A horas tantas ele começou a tatear o lençol, e a madre à cabeceira acudiu-lhe, sobrepondo sua mão à mão de Benjamim: o doutor Campoceleste desejava fazer-lhe um derradeiro pedido ("case-se com minha filha"). Agarrando-o com uma força que Benjamim não esperava, o doutor Campoceleste ergueu a cabeça, ficou muito vermelho e deu sinais de que lograria afinal desabafar ("faça um filho em minha filha!", "leve para a Europa a minha filha!"). Mas como cedesse de volta ao travesseiro sem exalar sopro algum, a madre falou por ele: o doutor Campoceleste quisera suplicar a Benjamim que se abstivesse de procurar Castana Beatriz. Benjamim ia negar que estivesse procurando Castana Beatriz, quando a mão do velho pressionou seus ossos a ponto de estalá-los. Segundo a madre, o doutor Campoceleste sabia de fonte sigilosa que os passos de Benjamim eram vigiados; as autoridades apostavam que ele, inadvertidamente, terminaria por levá-las a Castana Beatriz e seu concubino. Embora atordoado, Benjamim viu-se numa obrigação cristã de tranqüilizar o doutor Campoceleste. Buscou seus olhos, porém não os encontrou: o doutor Campoceleste olhava fixo para o teto. De pronto a madre atirou-se sobre o leito, uma noviça deixou tombar o urinol e Benjamim recolheu a mão direita, em cujas costas os dedos do doutor Campoceleste permaneciam cravados.

Olha-se um gato preto que atravessa a rua disparado, e julga-se tê-lo visto anos atrás, um pouco mais magro, ainda mais preto e mais veloz, safando-se das rodas de um carro. Aquele seria na verdade um tio deste gato, e lembraria um gato anterior, que lembraria um outro, e assim vai, até um ancestral dos gatos da nossa memória, e o primeiro gato de que Benjamim tem recordação, o irmão maior afogou num tanque. Ele recorda-se bem de como não compreendeu seu gato, no momento em que o viu todo eriçado no fundo da água. Outros episódios turvos de sua vida também só foi compreender mais tarde, como se, a exemplo do corpo do gato, precisassem de um tempo para subir à tona. E hoje, ao percorrer uma rua já percorrida no passado, Benjamim Zambraia tem do passado uma impressão tão nítida, que a atual paisagem mais lhe parece uma reminiscência. Guarda nítida lembrança de como passou por esta rua, minutos depois da morte do doutor Campoceleste, a bordo de um táxi cujo motorista emendava uma anedota atrás de outra. Benjamim não prestava atenção nas anedotas; tampouco se interessava pelas putas, que via da janela em sucessão, e no entanto é capaz de descrever a postura, o poste, o cigarro na mão de cada uma delas, mais de vinte anos depois. Pode quase enumerar as lantejoulas do vestido que usava então uma negra mais negra que Lorna, uma negra anterior a Lorna, talvez uma tia dela. E por estar com aquela negra cintilando na memória, quando agora Benjamim se aproxima de Lorna, encontra-a desbotada, a boca murcha. Regressa sozinho ao seu edifício, em cuja porta depara com um camburão decrépito. Pensaria ter se extraviado num tempo remoto, se não ouvisse a revolução dos mendigos ali trancafiados.

Um camburão estava parado diante do seu edifício, no dia em que Benjamim voltou da casa do doutor Campoceleste. Quando se descobriu encurralado no trânsito, com a multidão de curiosos enchendo o largo do Elefante, Benjamim cogitou em largar o táxi e refugiar-se entre as palmeiras. Mas não tardou a divisar na portaria oito guardas armados, arrastando um casal de vizinhos seus com cara de estudantes, e Benjamim ainda tem presente o tamanho do conforto que então sentiu. Depois que a polícia se foi, experimentou um sentimento de indignação, mas há sentimentos que não podem chegar atrasados. Só tornou a sair de seu apartamento um mês mais tarde, para ir dia ou outro ao cinema, de táxi. Havia um ponto no largo, onde servia o motorista contador de anedotas, de nome Barretinho. A um rádio berrando no ouvido, Benjamim preferia anedotas, mesmo antigas, das quais o Barretinho costumava gargalhar pelo passageiro. Fizeram um trato, e à saída do cinema lá estava o Barretinho para devolvê-lo em casa. De quando em quando Benjamim sugeria-lhe que variasse o itinerário, que desse um giro pela praia, e numa tarde em que assistira a um musical, disse-lhe para seguir até o centro da cidade. Pediu-lhe que contornasse uma praça trinta vezes, e trinta vezes espiou a agência dos correios em frente à qual havia outrora visto Castana Beatriz. E habituou-se a vir de táxi àquela praça depois do cinema, antes do cinema, em lugar do cinema, tomando gosto pelos biscoitos de polvilho de uma padaria ao lado da agência dos correios. De um canto escuro da padaria, achou um ângulo adequado para observar o movimento da praça, a agência dos correios, a cabine da polícia, a agência dos correios, a cabine da polícia, a agência dos correios.

Em sincronismo com o furgão que arranca lotado de mendigos, o primeiro ônibus da manhã vem descarregar um magote de trabalhadores no largo do Elefante. Depois de ver saltar a última faxineira, Benjamim sobe ao apartamento, olha-se no espelho, passa a mão nos cabelos brancos, sua gomalina ressequida, e é como se alisasse uma palha. Despe-se, senta-se no tamborete defronte ao telefone e arrepende-se de não possuir uma secretária eletrônica ("Benjamim? É Ariela!", "Benjamim? É Ariela!", "Benjamim? É Ariela!", "Benjamim? Benjamim? Benjamim..."). Pensa que a secretária eletrônica nem havia sido inventada nos anos em que ele vivia na rua por conta de Castana Beatriz. Aborrecido com as horas e horas de buscas inúteis, às vezes vingava-se imaginando-a desesperada num telefone público, horas e horas ligando em vão para o apartamento dele. Mas em seguida acreditava na própria imaginação e desembestava de volta para casa. Naquela tarde de quarta-feira, ao ouvir uma campainha na padaria, inquietou-se, largou no balcão meio pacote de biscoitos, e estava com um pé na rua quando viu Castana Beatriz. Ela surgiu de repente, por detrás de um caminhão, e entrou decidida na agência dos correios. Benjamim olhou os pedestres, que não o olhavam, olhou a cabine da polícia, abandonada, mergulhou no táxi e mandou o Barretinho ligar o motor. Castana Beatriz deixou o correio e estacou na calçada, empenhando-se em enfiar na bolsa a tiracolo um embrulho pardo pouco menor que uma caixa de sapatos. De cabelos à escovinha, grossos óculos de grau, jeans folgados e camisa de homem, embarcou num ônibus e sentou-se de costas para o janelão posterior. Benjamim reclinou-se no assento dianteiro, de modo a observá-la num plano elevado: ela mantinha-se hirta, com um livro suspenso a um palmo do rosto, como se embatucasse numa palavra, ou como se um olhar na nuca perturbasse a sua leitura. A cada parada o Barretinho interrompia uma anedota, que recobrava ao engatar a marcha, mas o percurso revelou-se mais extenso que sua verve. Castana Beatriz foi a única a saltar do ônibus num ponto deserto, junto a um painel de madeira apodrecida com vestígios do anúncio de um loteamento. Partiu ligeira mas não muito, o queixo erguido, por um esboço de rua no meio do areal. Benjamim dispensou o Barretinho, que de qualquer jeito não se arriscaria a atolar naquele terreno, e rastreou Castana Beatriz à distância de um grito. Ao suplantar uma pequena duna, pressentiu a situação propícia para um encontro confidencial; na realidade, já se convencia de que era ela, consciente de sua presença, quem o guiava a um retiro seguro. Viu-a parar, exibir seu perfil, descalçar-se, e quando ela percutiu uma sandália com a outra, parecia bater palmas para apressá-lo. Mas logo começou a correr com as sandálias na mão, e correndo-lhe atrás Benjamim vislumbrou um sobrado verde-musgo, camuflado entre duas amendoeiras. Sob a marquise do sobrado viu um vulto, e ia alertar Castana Beatriz, ia alcançá-la num grito, quando reconheceu o Professor Douglas: entraram os dois no sobrado, cujas chaves ela custou a catar na bolsa abarrotada. Benjamim deteve-se e compreendeu que Castana Beatriz como sempre se atrasara para um compromisso. Considerou porém que o dia estava ganho, porque aprendera o caminho e teria novas oportunidades de voltar àquele local. Bateu em retirada, e chegando à duna viu assomarem do outro lado duas cabeças, a do Barretinho e a de um indivíduo com a barba cortada rente, que no primeiro instante tomou por um mecânico. A seguir atentou para sua camisa pólo, sua barriga inchada, seu cinturão de couro, sua calça de brim e a metralhadora que trazia pendurada na mão direita. No topo da duna, o indivíduo requisitou os documentos de Benjamim, sem lhe apontar a metralhadora. Requisitou com civilidade, mas entre os dedos suados de Benjamim a carteira de crocodilo escorregava feito um sabonete. O indivíduo folheou os papéis de Benjamim com uma só mão, à maneira de jogador de pôquer, e devolveu-os falando "muito obrigado". Virou-se para o Barretinho, a quem chamou Zilé, e ordenou-lhe que deixasse Benjamim em casa. Pelo canto do olho, Benjamim relanceou os homens que convergiam de postos esparsos para o sobrado verde-musgo. Antecipou-se ao Zilé em direção ao táxi, sentou-se no banco traseiro e fechou a janela, com medo de ouvir o início do tiroteio. Dali ao largo do Elefante foram trinta minutos, durante os quais o Zilé não disse palavra. Em casa, Benjamim sentou-se defronte ao telefone, neste tamborete em que hoje se encontra. Assim como o fita hoje, fitou o telefone durante longo tempo, sabendo, como sabe hoje, que ele não tocaria; nem precisava tocar porque, à força de ser fitado, o aparelho já trazia embutida a trágica notícia. Da mesma forma que hoje, depois de arrancar o fio da parede, Benjamim leva o fone ao ouvido e ainda é capaz de escutar a voz de Ariela: "Não faz mal".

7

Ariela arregaça a meia-calça, calça a perna direita, a esquerda, levanta-se, acaba de ajustá-la às virilhas e desconfia que a vestiu de trás para diante. Despe-a, tateia a cabeceira, tateia os lambris da parede, topa num pé de sapato, alcança o espaldar da poltrona, apalpa a saia plissada e o casaco do tailleur. Chega à porta do quarto, mercê de uma nesga de luz rente ao carpete, e atravessa nua a sala de jogos que dá no bar que dá no salão de visitas, onde as lâmpadas ficaram acesas. Enquanto se arruma no centro do salão, um transatlântico passa devagar por dentro dela, na vidraça em que se mira. Depois ela cola o rosto na vidraça, vê extinguir-se o navio por trás de uma ilha e desce os olhos para os veleiros e as lanchas no ancoradouro; um relógio de rua à entrada do Iate Clube marca 1:50, e Ariela não faz idéia de quanto possa custar um táxi com tarifa noturna até o subúrbio. Na mesa colonial ao lado do sofá, remove com certa repugnância uma garrafa de vinho do Porto. A base da garrafa imprimiu uma argola marrom na pasta da G. Gâmbolo Publicidade e Marketing, que Ariela tenta introduzir na bolsa de lona mas não cabe. "Eu te levo em casa", ouve, e a voz que lhe soara a um Alyandro lânguido é do primo dele, comparecendo num roupão cor de abóbora.

De roupão cor de abóbora e pantufas, Leodoro flana pelo subsolo do edifício, que resplandece feito uma exposição de automóveis. Elege um buggy com frisos de neon nos pára-choques e sai da vaga em marcha a ré, sem dar tempo a Ariela de fechar sua portinhola. Manobra na garagem com arrancos e freadas bruscas, e seu roupão entreaberto revela umas coxas cabeludas como Ariela nunca viu em homem algum. Vira-se de repente, pilhando o olhar de Ariela, espia a pasta que ela leva no colo e dá uma risada curta. Com certeza andou bisbilhotando as fotos que ela sacou no estúdio há uma semana, pois ao parar num sinal em frente ao Iate Clube, torna a espiar a pasta de viés. Retrai os lábios, baixa o rosto, sacoleja os ombros, e Ariela começa a suspeitar que G. Gâmbolo tenha convocado Alyandro, o primo, o fotógrafo, o cabeleireiro, a secretária e quiçá o pastor maquiado para manusearem suas fotos e debocharem dos seus trejeitos. Um carro na retaguarda detona a buzina, antes de o sinal abrir, e Leodoro indaga o endereço de Ariela com o polegar apontado para o seu regaço. Ariela, que já contorcia a pasta entre os joelhos, ainda tem de confessar que mora no subúrbio de Matacavalos, muito além da linha de ferro. Lembra-se que, ao apresentar-lhe as fotos esta noite, Alyandro declarou no sofá que julgava as poses supersexy, e se ela repetisse agora tais palavras, talvez o primo rebentasse de vez numa gargalhada. Solicita-lhe então que a deixe no primeiro táxi, mas Leodoro segue firme por túneis e pontes, mostrando conhecer o trajeto; de tempo em tempo, sem mais nem menos, ri baixinho pelo nariz. Toma uma via secundária nas imediações do subúrbio de Ariela, como se fizesse questão de abordá-lo pela rota mais humilhante, e reduz o andamento às margens de um mangue para contemplar as palafitas. O carro patina num lamaçal, desemboca perto de uns conjuntos habitacionais, e Ariela pede para saltar numa rua que não é a sua mas poderia ser. Finge encaminhar-se a um edifício idêntico ao seu, e dá uma reviravolta para atender à buzina de Leodoro: ele estende-lhe a pasta da G. Gâmbolo Publicidade e Marketing, que Ariela deixara escorregar entre os bancos, e ao partir quase lhe amputa o braço.

Ariela descalça os escarpins e anda para sua casa a duas quadras, as meias de náilon ciciando no barro macio. Desabotoa-se subindo as escadas do edifício e termina de se despir no centro da escuridão da sala sem mobília. Entra no quarto com as mãos carregadas, mas não necessita tatear as paredes para alcançar o espaldar da cadeira, sobre o qual dobra a saia, o casaco e a meia-calça. Pousa os escarpins no assoalho e locomove-se com passos de gueixa até esbarrar na cômoda. Puxa aos poucos a terceira gaveta e assenta a pasta embaixo de uma caixa de charutos. Encosta a gaveta com o auxílio da coxa, e está a caminho da cama quando se acende a luz. Ante o clarão instantâneo Ariela pára e oscila, vendo-se com os pés num chão acima do chão que imaginava palmilhar. Vê-se na diagonal do rumo que visava, e à sua frente vê Jeovan, deitado de barriga para o alto e coberto até o pescoço. Apoiada numa perna, Ariela aguarda o chamado de Jeovan. Mas como ele demora a se manifestar, Ariela adianta-se e coloca-se nua ao seu alcance. Se ela estivesse ali postada três horas mais cedo, os dedos de Jeovan a tocariam. Suas mãos alisariam os contornos de Ariela e estariam trêmulas, porque mal comportariam todo o vigor de um homem grande. E por serem brutas as mãos, Ariela agradeceria calada o seu leve afago. Hoje no entanto Jeovan mantém a vista rasante ao lençol, fitando os relevos do próprio corpo inerte, a mão direita emaranhada no fio do abajur: talvez espere que Ariela lhe diga onde esteve e com quem e por que e de que modo. Ariela senta-se na beira da cama, decidida como de costume a nada lhe ocultar, mas logo se arrepende, corre para o banheiro e bate a porta sem passar a tranca. Olha-se no espelho, agarra dois maços de cabelos, experimenta arrancá-los, atira-se de cabeça contra os azulejos. Cai, rasteja em direção à latrina, enfia dois dedos na goela e vê o jato de sangue que borrifa a louça e se dissolve na água. Expele um segundo jato, mais abundante, acha que vai desmaiar, depois percebe pelo paladar azedo que não era sangue, mas vinho do Porto o que ela vomitou. Enche a boca de dentifrício e gargareja sob a ducha gelada. Lava os cabelos, e o xampu escorrido arde em sua pele, como se ela possuísse vários olhos abertos pelo corpo afora: nos seios, nos flancos, nas nádegas, Ariela ainda sente os dentes de Alyandro a tirar pedaços dela.

A lâmpada de Jeovan continua acesa, seus olhos semicerrados, e mesmo sabendo que ele está desperto, Ariela transita no quarto em silêncio. Sai de casa sem tomar café e por pouco dormia sentada num caixote, à espera do ônibus. Dorme no ônibus, chega a sonhar, e acorda com o sol na cara duas paradas adiante da sua. Ainda entrevê algumas figuras de seu sonho, mas tão logo abre as pálpebras, é como se outra membrana por dentro se fechasse. Veda-se um compartimento, onde Ariela acredita reunirem-se pessoas conhecidas, mas excluídas da sua memória, que ela teria o vício de visitar em surdina. E Ariela perturba-se quanto mais recorda um sonho, porque povoado de rostos que não pode recordar. No bar embaixo da imobiliária toma um copo de leite com café, e súbito se dá conta de que, entre os homens de pé-de-pato que andavam para trás em seu último sonho, Benjamim Zambraia era reconhecível. Tratava-se de um tipo gordo, meio diferente de Benjamim Zambraia, e todavia era ele. Não usava chapéu, mas tinha uma sombra de chapéu que lhe tapava metade do rosto, talvez porque estivesse prestes a se recolher à sala dos rostos esquecidos. Desde o dia em que o deixou à sua espera, raras vezes Ariela tem pensado em Benjamim. Benjamim tampouco a procurou nesses sete dias, e é de crer que ela já esteja relegada aos sonhos dele, pouco à vontade em meio a mulheres mais velhas. A Ariela nunca aconteceu perder-se de um homem de modo assim indefinido. Por isso, quando o porteiro do edifício lhe entrega um telegrama, seu palpite imediato é de que lerá um adeus oficial de Benjamim Zambraia. Mas o telegrama vem de longe e comunica em três palavras que sua mãe morreu.

Ao menstruar pela primeira vez, Ariela deitou-se e esperou que caíssem no travesseiro todos os seus cabelos. Em noite de lua cheia renasceriam negros e sedosos, de acordo com o que profetizara a mãe tempos antes, para lhe aplacar uma crise de nervos. Breve Ariela os soltaria ao vento, iria à escola de franja, à missa iria de tiara, e quando se enfastiasse faria um rabo-de-cavalo. Para os serviços domésticos armaria um coque igual ao da mãe, que lhe parecia uma bailarina quando estendia a roupa lavada, na ponta dos pés, ao longo do varal. Mais tarde, em plena puberdade, resignada a passar a ferro a carapinha, e crescida a ponto de poder olhar o horizonte por cima do varal, Ariela descobriu que a mãe era pouco mais que uma anã. Deu de implicar com a cara da mãe, suas maçãs saltadas, abominava sua bunda chata, achava grotesco o seu rebolado junto ao tanque, montada nuns tijolos. Em suma, a mãe era uma índia, eram índios seus primos e tios, e Ariela não aceitava aquela família. Encasquetou que índio mentia, e mentia mal, porque a mãe falava do finado marido — ora engenheiro inglês, ora cantor alemão, ora aviador oriundo da Cibórnia, ou Pamponéia — chamando-o por uns nomes absurdos que cinco minutos depois não sabia repetir. Desafiada, um dia a mãe mostrou-lhe o retrato do marido, provavelmente arrancado de um álbum alheio, com marca de cola no verso: disse que na época, meses antes de perder a vida numa emboscada, o infeliz tinha trinta anos. Na foto esmaecida, Ariela viu um homem de rosto longo, com a pele irregular mas bem-feito de traços, e uma expressão de quem sabia que logo morreria de morte violenta. Ariela observou-o horas a fio e terminou por apropriar-se da foto, adotando-o como pai legítimo. Faltava-lhe agora uma mãe, pois a que tinha, um homem com semelhante estampa nem sequer enxergaria na rua. Passou a interrogá-la, erguia-a do chão, sacudia-a, e obteve enfim a confirmação de que, na casa do homem da foto, cujo nome já embaralhara na memória, ela cozinhava, lavava roupa, varria, mas gostava mesmo de cuidar das crianças. Ariela não era daquela prole: só lhe foi apresentada na estação rodoviária, no dia em que embarcou de volta para o interior, com a passagem de ônibus mais um abono generoso pagos pela viúva do homem da foto. Tinha a menina dois anos de idade, e viajou trinta e seis horas bamboleando, sem estranhar o colo da índia. Quanto à verdadeira mãe de Ariela, na casa dos patrões jamais se proferiu seu nome. A índia sabia apenas que tal mulher fora um sacrilégio do homem da foto, e fora uma demônia e fora a causa de toda a desgraça.

Ariela alisa sobre a escrivaninha o telegrama que havia embolado, dobra-o em quatro e deixa-o cair na bolsa: tem a impressão de que ele desce feito uma pedra ao fundo da bolsa, onde com antigos bilhetes, apelidos, cifras, endereços e números de telefone, sedimentará. Desde que a comprou, há mais de cinco anos, Ariela nunca se atreveu a revolver com efeito aquela bolsa de lona. Lembra-se que ao chegar do interior nem agenda tinha; levava dinheiro e documentos numa pochete por baixo da roupa, precavida contra a violência da metrópole. Mal desceu na rodoviária foi conhecer o mar, que sem dúvida já avistara na primeira infância, porque o achou menor do que esperava. Caminhava descalça na areia fina, cujo contato lhe lembrava alguma coisa aos pés, quando sentiu esvoaçar a sua saia, e um repuxão na cintura a fez rodopiar. Deparou com um policial de posse da sua pochete, que agora suspendia na ponta dos dedos e balançava com desdém. Disse ele que uma mulher desacompanhada, andando na praia em vestido de manga, que nem turista ou caipira, era um chamariz para os bandidos. Espadaúdo, bem mais alto que ela, apresentou-se como cabo Jeovan e ofereceu sua radiopatrulha para conduzi-la à pensão no centro da cidade. No mês seguinte Jeovan juntou os amigos numa churrascaria para festejar o aniversário de Ariela. Perto da meia-noite jogava-se o jogo da verdade, e um detetive defronte dela deitou na mesa uma garrafa de cerveja: girou-a, e o gargalo apontou para Ariela, que foi intimada a revelar o segredo de sua vida. Ariela olhou Jeovan no mesmo ato, mas que ela gostava dele não era segredo para ninguém. Então, na falta de idéia mais conveniente, dispôs-se a narrar como aos dois anos de idade perdera os pais. Foi obrigada a trapacear um pouco, porque da história de seus pais conhecia apenas o desfecho. Entreteve a platéia criando idílios e vicissitudes, plagiando alguns enredos da mãe índia, e já chegava ao relato da emboscada fatal, quando as luzes da churrascaria começaram a piscar. A cada lampejo os espectadores transfiguravam-se, e com olhos mais e mais esbugalhados pareciam atiçá-la: "E aí?, e aí?, e aí?, e aí?, e aí?". Mas Ariela gaguejou e compreendeu que não devia prosseguir: para que pai e mãe morressem a tiros, outra explicação não haveria, aos olhos de Jeovan e de seus colegas, senão que fossem dois bandidos. Em boa hora a churrascaria escureceu por completo, surgiu um bolo com vinte velas e até os garçons fizeram coro no parabéns-a-você.

Tirante o destino dos pais, Ariela não tinha segredos para Jeovan. Certa vez, corretora principiante, atendeu um cliente interessado em alugar um apartamento por temporada. Era um tipo franzino, narigudo, tímido, percorria o apartamento olhando os rodapés, e Ariela não podia imaginar que, ao acionar a refrigeração da suíte, seria agarrada pelos pulsos e atirada na cama de casal. Esperneou, chutou-o no meio das pernas, mastigou seu beiço, com dez unhas riscou-lhe o rosto de alto a baixo, mas acabou subjugada pelo homem, decerto um adepto do jiu-jítsu. Voltou para casa com hematomas nas coxas, o elástico do short arrebentado, a calcinha em frangalhos no fundo da bolsa, e hesitou em participar a ocorrência a Jeovan. Havia pouco tempo que Jeovan se entrevara, jazia paralisado, ainda nem recuperara o movimento das mãos, e Ariela temia agravar o seu abatimento. Apesar do calor, vestiu um pijama de flanela, sentou-se à cabeceira ao lado dele, beijou-lhe a testa e apagou seu abajur. Mas ao encontrar-se sozinha na penumbra, sentiu que não seria capaz de calar o que recorria na cabeça. Se não falasse agora falaria dormindo, ou falaria amanhã a uma desconhecida no ônibus, falaria à recepcionista da imobiliária, às colegas de trabalho pelo interfone, ou escreveria uma carta à mãe, que a passaria a um parente para ler em voz alta. Acendeu a luz e, face a face com Jeovan, começou a contar como um homem narigudo torcera seu braço e se deitara por cima dela. Recitou o episódio pausadamente, e viu as lágrimas que brotavam dos olhos de Jeovan, e se acumulavam, e formavam dois poços sobre as suas olheiras, porque ele chorava na horizontal. Por fim transbordaram, não em gotas, mas como dois filetes fluindo sem cessar da cavidade dos olhos em direção aos ouvidos. E Ariela chorou também, por achar delicadas como nunca achara as feições de Jeovan, e por reparar no quanto era lisa, juvenil, a pele dele quando bem escanhoada. Desejosa de prorrogar aquele momento, e já tendo contado como o judoca depois de tudo fugira atarantado, fez com que ele regressasse e tornasse a abusar dela, e adicionou crueldades que ele não praticara.

Após o tiro na espinha que o aleijou, Jeovan não foi abandonado. Ariela saía tranqüila para o trabalho, sabendo que durante o dia ele receberia visitas que lhe traziam pratos quentes, davam-lhe banhos de bacia e vestiam-no com fardas de primeira mão, subtraídas do quartel. Os ex-colegas também o divertiam com anedotas, comentavam o campeonato de futebol, e sobretudo davam conta de suas recentes diligências na luta contra o crime, que reputavam uma forma de lhe prestar um tributo. O doutor Cantagalo, embora aposentado do serviço público, mantinha ligações com o círculo social de Jeovan, e nunca descuidou de lhe enviar por Ariela uma palavra encorajadora. Um dia depois de ser molestada pelo cliente, Ariela foi chamada à sua sala; o doutor Cantagalo queria saber se era verdade que um homem franzino a havia imobilizado na cama com técnica oriental. Queria saber se era verdade que ele lhe arrancara a calcinha com os dentes, queria saber isto e aquilo, queria saber o que já sabia muito bem, e Ariela pensou que o cliente viera a ele denunciar-se, cheio de remorsos ou de bravatas. Mas quando o doutor Cantagalo mencionou alguns lances que ela própria havia improvisado na véspera, Ariela deduziu que Jeovan desabafara com os amigos. Em seguida o patrão folheou seu arquivo e perguntou se ela conhecia a rua do Tabernáculo; anotou o endereço num cartão, buscou na gaveta um molho de chaves e incumbiu Ariela de atrair o cliente para um novo encontro amoroso no final da tarde. Ariela julgou ter entendido mal, falou "quê?", e o doutor Cantagalo disse que não lhe seria difícil atrair o cliente para um novo encontro amoroso no final da tarde. Abriu um pequeno invólucro de plástico que puxara do bolso de trás, inseriu o cartão com o endereço numa banda, na outra banda enganchou as chaves, e entregou-o a Ariela. Era um porta-chaves branco meio gorduroso, adornado com um escudo de listras diagonais vermelhas e azuis, e em relevo as letras E F C, douradas e entrelaçadas. O doutor Cantagalo informou a Ariela que, assim como Jeovan, era torcedor do Excelsior Futebol Clube, e recomendou-lhe que não se esquecesse de lhe devolver o porta-chaves de estimação. No final daquela tarde Ariela subiu com o cliente a um apartamento de segundo andar numa rua silenciosa. Passados cinco minutos, ouviu os motores e as pancadas de portas de automóveis em frente ao prédio. E passados outros cinco, aprendeu que, para os amigos de Jeovan, homem que se deitasse com Ariela era bandido.

Não demorou muito para que o doutor Cantagalo voltasse a solicitar de Ariela um colóquio reservado: queria saber se era verdade que no dia anterior, em visita a um loft, um cliente estrangeiro lhe soprara de leve a nuca, enquanto desatava o fecho de seu colar. Ariela baixou os olhos, teve grande vontade de urinar, mas suportou muda o questionário que se seguiu. Julgou que estaria sendo desleal, se concedesse ao doutor Cantagalo o gozo de ouvir de sua boca palavras ditas para Jeovan a meia-voz. Também se escusou de desmenti-lo, já tendo avistado na mesa o porta-chaves que ele afinal lhe empurrou na mão com mau jeito. Depois desse dia, como que enciumado dos privilégios de Jeovan, o doutor Cantagalo nunca mais olhou direito para Ariela; quando acionado pelos amigos de Jeovan, simplesmente remetia por meio da recepcionista o mesmo porta-chaves, esperando que Ariela entendesse e cumprisse a sua parte. E hoje cedo, ao ver aproximar-se a recepcionista empunhando aquele plástico ensebado, Ariela sentiu um gosto de vinagre na garganta. Dedicou o resto da manhã a desfolhar um bloco de papel, a amarfanhar papéis em branco, e a jurar que desta vez, sim, abandonaria o emprego e desapareceria da vida de Jeovan. Ao meio-dia cruza ereta a recepção, e já vai bater a porta quando ouve "boa tarde". Embora soasse impessoal, o cumprimento atinge Ariela e espicaça-a na raiz dos cabelos. Volta-se, avança por cima dos teclados do PABX e arranca a caneta da boca da recepcionista, que não reage: queda de boca aberta, os olhos parados com ligeiro estrabismo. Ariela desce as escadas, sai à rua e acena para um ônibus que a recolhe fora do ponto.

    O ônibus deixa Ariela entre os pedestres que circulam no meio da rua, diante do edifício comercial cuja fachada passa por uma restauração. A estrutura dos andaimes embaraça o ingresso na galeria, onde o fluxo é mais intenso de dentro para fora. É horário de almoço, e Ariela vai sozinha no elevador: olha-se no espelho, fica em dúvida se deve passar um batom, e pergunta-se se Alyandro Sgaratti fora sincero ontem à noite, quando lhe disse no sofá que ela seria sempre bem-vinda em seu comitê de campanha. Se ele tiver uma brecha na agenda, quem sabe lhe proponha sair para um sushi, ou para um drinque num hotel da orla. A bordo de um carro esporte, ela poderia tocar seu joelho e persuadi-lo a visitar uma casa vazia. A caminho da casa vazia, talvez ela se atirasse ao seu pescoço e lhe pedisse perdão, e lhe suplicasse proteção, e lhe falasse de Jeovan e seus amigos. Mas quando vai desembarcar no vigésimo andar, Ariela colide com o peito de Alyandro, que estava à porta do elevador esfregando na boca um guardanapo de papel; entra seguido de um grandalhão, dois, três, quatro grandalhões mais o primo Leodoro, e termina de engolir o sanduíche para dizer "você não morre tão cedo". Dobram-se os joelhos de Ariela, porque o elevador põe-se a subir quando ela contava que descesse. Alyandro corre a língua pelas gengivas, depois diz que estava falando dela com G. Gâmbolo naquele minuto. "Não é mesmo, Leodoro?", diz, mas o primo consulta o relógio de bolso, fala "a cerimônia deve estar começando", e concentra-se na escalada do elevador na plaqueta metálica: ...28, 29, 30. Saltam todos no último andar, e Ariela acompanha-os por uma escada sem corrimão que leva à cobertura do edifício, onde se acha um helicóptero. Sob a hélice em rotação moderada, um piloto apressa os quatro guarda-costas, que se instalam no fundo do aparelho, fazendo ceder a sua cauda; introduz Leodoro, aperta a mão de Alyandro e gesticula para que Ariela se afaste. E fecha a porta atrás de Alyandro, que ainda tem tempo de gritar "me telefona!". Ariela pergunta "quando?", mas o estrondo das turbinas encobre sua voz. Aceleram-se as hélices superior e de popa, gerando redemoinhos que arrebatariam sua roupa, se ela não usasse jeans e blusa justa de crochê. O aparelho levanta-se uns poucos metros e estaciona no ar; parece ressentir-se do excesso de peso, e lento lento desloca-se paralelo ao piso. Ao ultrapassar o terraço, cai. Despenca no vácuo. Some da vista de Ariela, que dispara em direção ao precipício imaginando o último espasmo de Alyandro, imaginando a lividez do primo, o impacto no asfalto, as ferragens contorcidas, tripulação e passageiros carbonizados, imaginando que poderia estar ali dentro, imaginando as hélices soltas em moto-perpétuo, camelôs decapitados, imaginando a rua da Cabala em chamas. Mas ao alcançar o alambrado na borda do terraço, vê o helicóptero que paira uns cinco andares abaixo com o nariz reclinado, como a resfolegar, e que agora ascende em linha oblíqua sobre a cidade. Olhando o helicóptero que sobrevoa o mar, e que reboca no mar o barco de sua sombra, e divisando do topo de trinta andares a curvatura do oceano, Ariela planeja viajar alguma vez para terra distante, mesmo que seja a África.

Na cabine do elevador, descendo ao térreo de uma tirada, Ariela tem quase a certeza de que jamais voltará a encontrar Alyandro Sgaratti. Acredita mesmo que, cedo ou tarde, já não estará segura de havê-lo um dia visto em carne e osso. Deixa a galeria, pega um ônibus ao acaso, e observa uma profusão de cartazes de Alyandro, afixados na tela azul de náilon que cobre o edifício em obras. Nas fotos, acoplado pelo tórax a indivíduos secundários, ele apresenta-se de braços erguidos, o rosto prateado, e é natural estimarmos um sujeito que se nos oferece tanto, que nos olha tão de frente e sem qualquer motivo nos sorri. Mas à medida que o perde de vista, Ariela repensa em seus lábios grossos, seu nariz abatatado, a corrente com o medalhão que ele não tira nem para dormir, a grande pinta negra em meia-lua abaixo de seu umbigo, e convém que Alyandro não é o seu tipo. Ariela julga que, no futuro, caso lhe ocorra ter partilhado uma cama com Alyandro Sgaratti, será porque o tempo também produz suas trucagens. Mais verossímil seria que ela se tivesse enamorado de Benjamim Zambraia, por exemplo, que lhe vem à mente quando o ônibus entra no largo do Elefante. Recorda-o da forma que o viu em sonho, acoplado a Alyandro pelo tórax, um sorriso forçado, como se fosse o irmão siamês que andasse a contragosto. Porém logo atina que esse Benjamim não estava no seu sonho, e sim num dos cartazes da tela azul de náilon. E Ariela condói-se da sua fisionomia, e toma consciência de quanto pode tê-lo magoado, ao preteri-lo pelo parceiro íntimo da foto. O ônibus encosta na calçada oposta ao edifício dele, que lhe dá a impressão de estar recém-caiado; um empregado de calção varre os degraus da portaria, deita a vassoura, acende um cigarro que levava atrás da orelha, e por vontade própria Ariela seguiria viagem. Só não o faz porque o cobrador a vem advertir de que haviam chegado ao ponto final daquela linha. E se entra no edifício de Benjamim, é porque não lhe custa bater à sua porta, atirar-se ao seu pescoço, pedir-lhe perdão e suplicar-lhe que lhe dê guarida, no quarto que talvez ainda leve o nome dela.

Nem bem toca a campainha, Ariela percebe que Benjamim está acompanhado: há música e murmúrios de mulher em seu apartamento. Decide-se a ir embora, quando por detrás da porta a visitante ergue a voz, constrangendo-a a escutar: : "Ela é igual a todas as tuas amiguinhas".

Benjamim mais sopra do que fala: "Ela não passa de uma burguesa presunçosa", mas a mulher insiste: "Ela me odeia e queria me matar!", e seu timbre faz lembrar o da recepcionista. Começa a gemer, e de nada vale a Benjamim aumentar o volume do toca-fitas, porque a mulher é histérica: "Eu não ponho mais os pés no laboratório!". Assim que vira as costas, Ariela ouve ranger a maçaneta: quem entreabre a porta é um senhor curvo, a camisa para fora da calça surrada, os cabelos brancos em desordem e a barba por fazer há uns sete dias. Fala "como você demorou", e convida-a a entrar: se o topasse na rua, num ônibus, num restaurante, Ariela não reconheceria Benjamim. "Não seja insensata", sussurra a voz masculina no quarto escuro, aonde Benjamim acorre para desligar o videocassete. Ariela pára no limiar do apartamento, e pela janela vê a Pedra. Ato contínuo declina a vista, e no chão vê uma pilha de jornais intatos, latas de cerveja, um telefone emborcado, uma caixa redonda de papelão com uma fatia de pizza, o queijo rígido e engorovinhado, e sobre cada coisa, como uma camada de cinzas, pousa a sombra da Pedra. Há o cheiro da Pedra em Benjamim, que à saída do quarto fita Ariela, empedernido; é tão presente a Pedra naquela sala que, se Benjamim viesse a emparedar a janela, parece a Ariela que a Pedra ficaria do lado de dentro. E Ariela recua um passo, dois, gira na ponta do pé, corre, martela o botão do elevador, esmurra a porta do elevador e lança-se pelas escadas.

Benjamim alcança o táxi no momento em que Ariela se ajeitava no banco traseiro; retém com o joelho a porta aberta, agarra-se ao capô, debruça se por cima dela, arqueja. Ariela permanece sentada na ponta do banco, segurando o trinco, olhando em direção aos pés de Benjamim, descalços nos paralelepípedos. Seus ombros têm marcas de alça de maiô, e a blusa é a mesma de quando Benjamim a conheceu, com malhas que comprimem as formas dos seus seios mas deixam entrever minúcias. O motorista dispara o taxímetro, e Ariela levanta para Benjamim os olhos vermelhos. Põe a bolsa no colo, desliza para a outra extremidade do banco, e Benjamim nunca havia usufruído assento em que Ariela deixasse sua quentura. Ela puxa da bolsa um porta-chaves de plástico, abre-o e dita: "Rua 88, sem número, última casa à esquerda". O motorista fala "rua 88... rua 88 ...", coçando os cabelos pintados, a tintura muito negra e fosca; dá a partida, e Ariela amassa o porta-chaves entre os dedos, parecendo agoniada. Se estivesse prevenido de sua visita, Benjamim sem dúvida cuidaria de fechar a janela do apartamento. Era de se esperar que ela se chocasse com a súbita visão da Pedra, e Benjamim, que já a desvinculara de Castana Beatriz, enxergou em sua fisionomia, tal e qual, o estupor da mãe quando foi vê-lo em casa pela primeira vez. Na ocasião, Castana Beatriz também escapou escada abaixo, duvidando que Benjamim a seguisse; vagou pelas ruas, parou num cinema qualquer e entrou no meio do filme sem saber de que tratava. Benjamim sentou-se ao seu lado, e na cena em que a filha do barítono apareceu estrangulada na cortina, foi Castana Beatriz quem tomou a iniciativa de procurar sua mão. Hoje Benjamim tenciona acompanhar a jornada de Ariela; terminado o expediente, se ela ainda relutar em voltar ao apartamento, poderá pernoitar com ele em hotel não muito elegante, que admita hóspede sem sapatos. Mas amanhã ou depois ela há de se estabelecer com seus pertences no quarto de Ariela: de madrugada experimentará abrir uma fresta na persiana, e na madrugada seguinte outro tanto, e outro tanto, e jamais se decepcionará com a Pedra, porque terá aprendido a admirá-la pouco a pouco. O táxi entra num túnel mal iluminado, e Benjamim envolve a mão de Ariela, que continua cerrada, óssea. Na dianteira, um caminhão de lixo larga lufadas de fumaça, que Benjamim não se incomoda de aspirar fundo para declarar: "Este é um dos melhores acontecimentos da minha vida". Metade da frase cai fora do túnel, em tom alto, e deve soar estapafúrdia à luz do dia porque Ariela recolhe a mão, e o motorista dá uma gargalhada rouca. Sacudindo o volante, dobra uma esquina com prédios de vidro, e fala: "Um judeu levou a mãe ao planetário...". Interrompe-se ao relancear Benjamim pelo retrovisor, como a temer que ele seja judeu. Entretanto Benjamim começa a suspeitar que conhece aquele sujeito. Busca-o no espelho, mas é difícil identificá-lo porque ele usa uns óculos escuros com armação espessa de borracha, e agora pega a assobiar sem som, enrugando o focinho. E Benjamim sente maior desassossego ao distinguir o sobrado verde-musgo no final da rua. É para lá que o carro aponta, e antes mesmo que ele freie, Ariela já está com um pé no meio-fio. O motorista espera pelo desembarque de Benjamim, e arranca sem ter sido dispensado nem cobrar pela corrida. E Benjamim defronta o sobrado onde Castana Beatriz e seu amante costumavam se encontrar. Vê-se a um metro da porta do sobrado onde Castana Beatriz e seu amante talvez se abraçassem e se beijassem na boca. Vê Ariela que abre o cadeado e solta a corrente da porta do sobrado onde Castana Beatriz e seu amante talvez namorassem às pressas, porque ela teria deixado a filha em casa de desconhecidos, e ele não poderia se atrasar para uma reunião com os dissidentes. Vê Ariela forçar a porta que está travada na soleira do sobrado onde Castana Beatriz e seu amante talvez nem namorassem, porque necessitariam examinar uns mapas e discutir a América Latina. Vê a dobradiça que se desprende do batente, fazendo tombar a porta no assoalho do sobrado onde Castana Beatriz e seu amante talvez namorassem com mais fervor, enquanto tramavam derrubar o governo. Vê bater o sol na muralha de pó, que Ariela atravessa para sumir no interior do sobrado onde, no dia do tiroteio, talvez Castana Beatriz tenha se jogado na frente do amante para morrer primeiro.

A poeira assenta na sala vazia, e Benjamim vê a porta deitada sobre as tábuas do assoalho, e vê o chão da casa como a fachada de uma casa sepulta. Pisa na porta, caminha até o pé da escada e chama "Ariela!", visando o segundo andar às escuras. Pela beira da sala chega a uma cozinha que dá num matagal: a porta dos fundos está trancada à chave. Volta à sala, depara com um homem em contraluz, ocupando quase todo o vão de entrada, e imagina um cliente de Ariela. Faz menção de cumprimentá-lo, mas o homem desloca-se e dá a vez a outro, de igual tamanho. Atrás deste, um outro, e são doze homens que ingressam no sobrado, dispondo-se em semicírculo. Benjamim fecha os olhos, cobre o rosto com a camisa, porém continua a vê-los. Como que através de um olho que girasse no teto, vê doze homens à sua roda, e vê a si próprio em corrupio. "Fogo!", grita um, e a fuzilaria produz um único estrondo. Mas para Benjamim Zambraia soa como um rufo, e ele seria capaz de dizer em que ordem haviam disparado as doze armas ali defronte. Cego, identificaria cada fuzil e diria de que cano partira cada um dos projéteis que agora o atingiam no peito, e na cara. Tudo se extinguiria com a velocidade de uma bala entre a epiderme e o primeiro alvo letal (aorta, coração, traquéia, bulbo), e naquele instante Benjamim assistiu ao que já esperava.

Copyright © 1995 by Chico Buarque

Capa e projeto gráfico RAUL LOUREIRO
Preparação MÁRCIA COPOLA
Revisão ANA MARIA BARBOSA E RENATO POTENZA

Os personagens e as situações desta obra são reais apenas no universo da ficção; não se referem a pessoas e fatos concretos, e sobre eles não emitem opinião.

Dados Internacionais de Catalogação na Publicação (CIP)
Câmara Brasileira do Livro, SP, Brasil

Buarque, Chico,
  Benjamim : romance / Chico Buarque — São Paulo : Companhia das Letras, 2004.

  ISBN 978-85-359-0483-3

1. Romance Brasileiro I. Título

04-1489   CDD-869.93

Índice para catálogo sistemático:
1. Romances : Literatura brasileira 869.93

[2020]
Todos os direitos desta edição reservados à
EDITORA SCHWARCZ S.A.
Rua Bandeira Paulista 702 cj. 32
04532-002 – São Paulo – SP
Telefone (11) 3707-3500
www.companhiadasletras.com.br
www.blogdacompanhia.com.br
facebook.com/companhiadasletras
instagram.com/companhiadasletras
twitter.com/cialetras

Esta obra foi composta por Raul Loureiro em Caslon
e impressa pela Geográfica, em papel Pólen Bold da Suzano S.A.
para a Editora Schwarcz em novembro de 2020

A marca FSC® é a garantia de que a madeira utilizada na fabricação do papel deste livro provém de florestas que foram gerenciadas de maneira ambientalmente correta, socialmente justa e economicamente viável, além de outras fontes de origem controlada.